文
景
———
Horizon

社 科 新 知　文 艺 新 潮

激情与家庭

读《安娜·卡列尼娜》

林鹄 著

上海人民出版社

献给老王

没有十几年前你从大洋彼岸快递来的那本书，我不会去读，
也不知道该怎么读这部小说和其他伟大作品。

我在讲授《安娜》，学生问："为什么安娜明明知道那场舞会对基蒂的意义，依然接受了弗龙斯基的邀请？"

　　我愣住了。读过很多遍了，从没有想过这个问题。窗户纸捅破了，理解《安娜》的最后一扇门打开了，于是有了这本书。

本书的最高目标，是让读者捧起这部伟大的小说。

目 录

引 子 ———————————————— 1

第一章 ———————————————— 7

真诚的奥勃隆斯基

该怎么办，告诉我，该怎么办？妻子老了，你却充满活力。转眼之间，你就感到无法再爱妻子了，不论你怎样尊重她。

第二章 ———————————————— 21

安娜的新生活

她脸上焕发出被压抑的活力，在闪闪发亮的眼睛和红唇弯曲的几乎察觉不到的微笑间跳动。仿佛有一种过剩的从身心满溢出的东西，时而在明亮的眼神中，时而在微笑中，不由自主地透露出来。

第三章 ———————————————— 57

一切照旧

无法理解，性格坚强、诚实的安娜，怎么能忍受这种由谎言构成的处境而不愿摆脱？

第四章   75

从忏悔到分手

当因死亡临近而被软化的状态过去后，卡列宁注意到安娜怕他，在他面前很拘束，不敢正视他的眼睛。好像她想对他说什么，但下不了决心，又好像她预感到他们的关系不能这样继续下去，对他期待着什么。

第五章   93

婚姻是什么

他领悟到，她不但和他很亲近，而且无法分辨她在什么地方终结，他又在什么地方开始。……他感觉如同一个人突然在背后挨了重重一击，带着怒气回过头来寻找肇事者，想要报复，却最终确定是自己偶然失手打了自己，不好生任何人的气，只能忍着，想办法减轻疼痛。

第六章   115

多莉去看安娜

谈话的时候，多莉一心一意怜悯安娜，但现在她怎么都没办法让自己再去想安娜的事。家和孩子们的回忆，带着一种从未体验过的特殊魅力，一种新的光芒，浮现在脑海里。现在看来，她的这个世界是那么珍贵，那么可爱，她不愿在外面哪怕多待一天，无论如何明天一定得走。

第七章 ———————————————— 141

毁 灭

难道我不知道，他永远不会骗我，他对索罗金娜没有意思，他不爱基蒂，也不会背叛我吗？所有这些我全知道，但这并没有让我觉得好过哪怕一点点。如果他不爱我，只是出于责任感对我好，对我温存，却没有我想要的——是的，这比发脾气还要糟一千倍！这是地狱！

附录一 ———————————————— 191

谢尔盖和瓦莲卡

附录二 ———————————————— 211

列文的人生观

引用论著目录 ———————————————— 241

后 记 ———————————————— 244

引　子

"幸福的家庭都是相似的，不幸的家庭各有各的不幸。"（1.1）[1]

即便没读过《安娜·卡列尼娜》的人，也多半读过这句话。托尔斯泰的名言，到底该怎么理解？

厚厚一本小说，要回答的就是这个问题。所谓幸福与不幸的家庭，在其中一定有具体所指。

既然幸福的家庭都相似，托尔斯泰当然不会浪费笔墨，

---

[1]　我的阅读体验主要来自五个英译本：Marian Schwartz 的耶鲁译本（Yale University Press，2015；下称"施本"）；Richard Pevear、Larissa Volokhonsky 的企鹅译本（Penguin Classics，2004；下称"皮本"）；Leonard J. Kent、Nina Berberova 修订的 Constance Garnett 译本（Modern Library，2000；下称"加本"）；Rosemary Edmonds 的修订版企鹅译本（Penguins Classics，1978；下称"艾本"）；George Gibian 修订的 Maude 译本（Norton，second edition，1995）。就"信"而言，五个本子都很可靠。关于英译本的可靠性及优劣，参 Hugh McLean，"Which English Anna？"，in *In Quest of Tolstoy*，Academic Studies Press，2008，pp.53–70；C.J.G. Turner，"The Maude Translation of *Anna Karenina*: Some Observations"，*Russian Language Journal*，1997，Vol. 51，No. 168–170，pp. 233–254；U. R. Bowie，"Reviewed Work: *Anna Karenina* by Leo Tolstoy，Marian Schwartz and Gary Saul Morson"，*The Slavic and East European Journal*，2015，Vol. 59，No. 4，pp. 631–633。引文综合参考以上五本，及力冈（中国友谊出版公司，2021）、周扬与谢素台（人民文学出版社，2015）、智量（天津人民出版社，2015）、高惠群等（上海译文出版社，2018）、草婴（现代出版社，2012）这五种中译本，随文夹注仅标示某部某章，如"1.1"代表第一部第一章。

塑造两个幸福家庭。唯一的幸福家庭的荣耀，只能毫无悬念地落到列文[1]和基蒂[2]头上。

比较麻烦的，是不幸家庭的认证。既然各有各的不幸，那就不止一家。小说以多莉[3]与奥勃隆斯基[4]的家庭开篇，这是不幸家庭之一。小说又以安娜命名，她有过两个家庭，一是和卡列宁[5]组成的家庭，二是和情人弗龙斯基[6]的结合，都是不幸的。

还有吗？谢尔盖[7]和瓦莲卡[8]，天造地设的一对，却失之交臂。这不是命运的捉弄，而是两人思想性格的内在缺陷所致。一个胎死腹中的幸福家庭，当然也是不幸的。

《安娜》讲述的，就是一个幸福家庭和四个不幸家庭的故事。

既然不幸家庭有四个，为什么托尔斯泰单单挑出其中两

---

[1] 列文是一个富有的俄罗斯贵族，讨厌城市，将经营乡间庄园视为崇高事业。

[2] 基蒂是一个贵族小姐。

[3] 基蒂的姐姐。

[4] 安娜的哥哥，同样出自世家名门。

[5] 一个原本极有前途的官僚。

[6] 一个原本极有前途的年轻军官。

[7] 列文的异父兄长，著名学者。

[8] 基蒂的好友，一个寄人篱下的孤儿。

个不幸家庭的女主角安娜，作为小说的题目？考虑到幸福家庭的唯一性，考虑到列文的家庭是托尔斯泰理想中的完美典范，列文很大程度上更是托尔斯泰的自画像，为何小说不以《列文》为题呢？

这部小说的巨大成功，主要归功于安娜这一美艳绝伦、敢爱敢恨的女性形象。100多年来，光芒四射的安娜征服了无数读者，她最终走向自我毁灭、卧轨自杀的悲剧，让无数读者为之扼腕。一个勇敢追求真爱的美丽灵魂，在19世纪俄国虚伪、守旧的上流社会浓雾般的腐臭中，凋谢了。的确，那是托尔斯泰深恶痛绝、反复鞭挞的丑恶社会。但是，托尔斯泰塑造出如此光彩夺目、令人无限同情的安娜，仅仅是为了控诉万恶的旧社会吗？安娜的悲剧，完全是因为外在的社会原因，她本人无须承担任何责任吗？

安娜一度可以得到想要的一切——离婚、儿子，可以远走高飞，摆脱彼得堡上流社会的束缚，和弗龙斯基自由自在地生活。是安娜自己，拒绝离婚，拒绝带走儿子；是安娜自己，不愿留在浪漫的意大利，回到了俄国。自杀前夕，安娜并不知道卡列宁已经拒绝了离婚请求，她在独白中明确告诉读者：离不离婚，已经毫无意义。不妨设想，如果卡列宁同意离婚，同意将儿子的抚养权让给安娜，甚至上流社会宽容地接纳了她，安娜和弗龙斯基间的不和会就此烟消云散，两人从此过上幸福生活吗？

那到底为什么托尔斯泰如此"残忍"地将这个伟大的女性"推到"了火车底下？

安娜这个完美的现代女性形象，是托尔斯泰的刻意塑造，而让她遭遇悲惨结局，也是作家有意为之。

自从 18 世纪晚期，主要受卢梭影响，浪漫主义在欧洲兴起后，人们的婚姻观念有了巨大改变。男女间的相互吸引，也就是通常所说的爱情或激情，被认为是家庭能否幸福的关键。在《安娜·卡列尼娜》中，托尔斯泰想探讨的核心问题，就是幸福家庭能否靠激情维系。

安娜是真诚的，和曾经的密友贝特茜不同，她没法心安理得地偷偷摸摸搞婚外恋——对她而言，这样生活是屈辱的。安娜是勇敢的，她勇敢地离开了丈夫，勇敢地闯入剧场，单枪匹马挑战整个上流社会。但真诚、勇敢，即便再加上美丽、智慧，也无法保证激情的延续。

激情是人人梦寐以求的神魂颠倒、欲罢不能的电击体验。但神秘的激情来无影、去无踪，人世间没有任何东西，可以保障激情的长久存在。如果家庭幸福的秘密在于激情，那幸福家庭一定极其脆弱，难以持续。

激情与家庭

《安娜》讲述的，就是一个极度严肃地将生命彻底交托给激情的真诚女人的命运。

下面，让我们从头细读这部小说。

第一章
真诚的奥勃隆斯基

该怎么办，告诉我，该怎么办？

妻子老了，你却充满活力。

转眼之间，你就感到无法再爱妻子了，

不论你怎样尊重她。

一

　　小说以出轨开篇，出轨的是安娜的哥哥奥勃隆斯基。奥勃隆斯基是个什么样的人？一个丑恶的浪荡子吗？

　　美国学者阿兰·布鲁姆（Allan Bloom）这样评价："奥勃隆斯基是托尔斯泰创造的所有人物中最最温馨甜蜜的之一。他在安娜和她丈夫间充当了一个富有同情心的调解人，也体贴地给基蒂和列文牵线。所到之处，他总是带来活力与善意。"（Bloom，237）[1] 乍一读，这似乎荒谬绝伦，难以理解。但事实确实如此。奥勃隆斯基最让人难忘的，是那招牌式的善意微笑，甚至在偷情被妻子发现时也不由自主地浮现在脸上。

　　小说的开始，是奥勃隆斯基与家庭女教师的偷情无意中被妻子多莉发现后的第三天早上。由于愤怒的多莉拒绝和解，拒绝管理家务，家里天翻地覆。奥勃隆斯基是个政府要员，吃过早饭，仆人报告来了个请愿者。得知这人已等了半个小

---

[1] Bloom 代表作者姓氏，237 代表页码，详细出处见书末"引用论著目录"。

时，奥勃隆斯基叱责仆人："要跟你说多少遍，（来了请愿者）必须马上通知我！"虽然来人提出了一个根本办不到的荒唐要求，他还是"像往常一样，请她坐下来，认真倾听她的陈述，没有打断一句，然后仔细替她出主意，如何如何去找某某人，甚至用他那粗犷、奔放、漂亮而清晰的字体，迅速流畅地写下一封便函，让她带给那个能帮她的人"。（1.3）

后来安娜也出轨了，卡列宁准备和她离婚时，在莫斯科遇到了奥勃隆斯基，本想"立刻采取一种必需的冷冰冰的态度，但没料到善意的海洋甚至溢出了奥勃隆斯基灵魂的涯岸"。听说卡列宁要离婚，"奥勃隆斯基做出了完全出乎他意料的举动。他叹了口气，瘫坐到扶手椅里。'不，卡列宁，你说什么呀？'奥勃隆斯基叫着，脸上露出痛苦的表情"。即便知道离婚无可挽回，他还是无法接受要跟卡列宁断绝关系的现实："恕我冒昧，我想除了亲戚关系之外，你对我，至少部分地，也同样抱有我一向对你抱有的亲切友好的感觉，还有衷心的敬意。"（4.8）

奥勃隆斯基有过很多情人，但绝没有玩弄女性的猥琐想法。恰恰相反，他对交往过的家庭女教师、舞女等出身贫寒、被迫外出谋生的女性，充满了同情。为此他完全支持女权主义。

对妻子，奥勃隆斯基很体贴。偷情被揭发时，他正"从剧场回来，高高兴兴，心满意足，拿着一个**巨大**的梨要给妻子吃"。（1.1）面对妻子的冷战，他并没有恼羞成怒，而是实实在在觉得妻子可怜。他甚至后悔，"早知道这会给她带来那么大的打击，应该想办法更好地在妻子面前隐瞒自己的过错"。（1.2）

当奥勃隆斯基鼓起勇气，主动寻求和解时，他没料到，妻子的痛苦会击溃自己。"当奥勃隆斯基想到妻子的时候，他还能心平气和［……］[1]，心平气和地看报纸、喝咖啡。可当他看到她憔悴的痛苦面容，听见她那听天由命、绝望的嗓音时，他喘不过气来，有什么东西堵在喉咙口，眼里闪烁着泪花。'天哪，我干了什么啊！多莉！看在上帝分上！毕竟……'他说不下去了，呜咽堵住了他的喉咙。"（1.4）

"所有认识奥勃隆斯基的人都喜欢他，因为他善良、开朗，又无可置疑地诚实。不仅如此，在他身上，在英俊、灿烂的外貌，闪闪发亮的眼睛，乌黑的眉毛与头发，和白里透红的脸庞上，有一种能让遇见他的人从生理上感到亲切和愉

---

[1]　本书用"［……］"代表引用时对原文的省略，而"……"则代表原文中的省略号。

快的东西。'啊！斯蒂瓦[1]！奥勃隆斯基！这家伙在这儿！'碰到他时，人们几乎总是带着高兴的笑容这样说。"（1.5）

没人有理由不喜欢他，除了妻子："这让人恶心的好脾气，人人都因此喜欢他，夸他，——我恨他的这种好脾气！"（1.4）

二

"对待自己，奥勃隆斯基是真诚的。他不能自我欺骗，让自己相信他对自己的行为感到悔恨。""他，一个三十四岁的情感丰富的英俊男子，对只比自己小一岁、已经是五个活着的孩子和两个夭折孩子母亲的妻子，没有感觉了。"（1.2）"最糟的是这事都怪我，我的错。可我又没有错。全部悲剧就在这里。"（1.1）出轨固然有错，但对美的追求是无从反抗的天性。"修复关系是不可能的，因为她不可能唤回失去的惹人怜爱的魅力，而他也不可能变成麻木的老人。"（1.3）短短的第一部第三章中，托尔斯泰两次强调，虚伪与撒谎"违背他的天性"。"该怎么办，告诉我，该怎么办？妻子老了，你却充

---

[1] 奥勃隆斯基名字的昵称。

满活力。转眼之间，你就感到无法再爱妻子了，不论你怎样尊重她。"（1.11）

诚如布鲁姆所言，奥勃隆斯基和多莉都觉得被生活欺骗了。对奥勃隆斯基来说，婚姻像一个圈套，妻子容颜已老，魅力不再。（Bloom，237）不爱了，他有什么法子？另一位研究者亨利·吉福德（Henry Gifford）说得对："尽管奥勃隆斯基有种种道德上的麻木，但不虚伪。"（Gifford，204）

奥勃隆斯基甚至还保留了一些贵族的尊严与荣誉感。开销日增，他只能卖掉妻子陪嫁的林地。就在多莉宣告冷战之时，一个买主的信来了，这让他感觉极为不快："这中间让人最不舒服的，是金钱上的利害关系和有待解决的夫妻和解问题搅在了一起。难道他努力与妻子和好，是受了金钱的蛊惑，是为了卖掉林地吗？想到这里，他感到受了侮辱。"（1.3）

奥勃隆斯基和列文是世交、少年的伙伴。列文在小说中第一次出场，是从乡下的庄园来到莫斯科，准备向基蒂求婚，为此羞涩的他约奥勃隆斯基一起吃晚饭，旁敲侧击，打探他小姨子的消息。在和列文商量晚餐地点时，奥勃隆斯基选择了英吉利酒店，他在那儿欠账最多，"因此觉得避开这家是不对的"。（1.9）

三

奥勃隆斯基信奉的是快乐哲学，他全身心地追求快乐。快乐是一种感觉，感觉来自肉体。所以，他精心保养身体，胸膛宽阔，身躯丰硕，但步伐轻快，毫无笨拙感。小说开篇的那天早晨，他用过早餐，"站了起来，掸了掸西服背心上的面包屑，挺起宽阔的胸膛，愉快地笑了。并没有什么特别高兴的事，只是良好的消化让他愉悦"。（1.3）

对于感官，他几乎倾注了全部注意力，发自内心地严肃对待。他对感官体验的一丝不苟，非常传神地体现在他和列文的晚餐的描写上。

两人相约在动物园碰头，一起坐马车去英吉利酒店。"一路上，两个朋友都沉默不语。"列文是因为在动物园见到了基蒂，她似乎有意躲避他。而奥勃隆斯基呢？他"全神贯注地思考晚餐该点什么菜"，直到马车到达酒店，才完成了审慎而完美的抉择。（1.9）

但坐下来后，得知餐厅刚到了牡蛎，奥勃隆斯基重新"陷入了沉思"，"脸上露出了严肃的犹疑神情"。（1.10）反复确认了牡蛎是来自弗伦斯堡的新鲜货后，他决定重新设计菜单——因为牵一发即动全身。

对于偷情曝光后，面对妻子的那一刻，不由自主浮现的傻笑，奥勃隆斯基自己解释为"脑神经的条件反射"。（1.1）一切都只是生理反应，都只和肉体，和肉体自身无法控制的运动规律有关。

美国学者唐娜·奥文（Donna Orwin）指出：

因为除了物质之外，别无存在，一切都遵循前定的物理规律，所以奥勃隆斯基将其发挥到极致的身体的生活，是唯一可能的生活。他的身体根据他很难影响、常常完全无法控制的规律行事。有时候部分身体——比如他和多莉对质时条件反射的微笑——甚至会做出违背整体利益的事，这时奥勃隆斯基干脆顺其自然。和他妹妹一样，他也拥有优雅的体态和对微妙情感的非凡感受力。[……]在古代的伊壁鸠鲁主义者[1]和当代的物质主义者同样设想的自然的漫无目的的不断变化中，他如鱼得水。（Orwin，176）

在奥勃隆斯基的潜意识中，他可能觉得自己就像天性调

---

[1]　享乐主义者。

皮的小孩，在捣蛋时被抓，有些小尴尬。他是真诚的，无法假装严肃。一定意义上，他真的像个天真的孩子。

四

但在更深的层次上，说是天真的孩子，还不如说是头快乐的猪。

小说开篇的那天，也就是因偷情曝光家里天翻地覆的时候，奥勃隆斯基"照例在早晨八点钟醒来"，"保养得很好的丰硕身躯在富有弹力的沙发上翻了个个儿，仿佛还想睡一大觉，紧紧抱住另一边的枕头，把脸贴上去；但突然一激灵，他坐了起来，睁开了眼"。想起了梦中的宴会、歌曲，还有幻化为女人的小玻璃瓶，他的"眼睛快乐地闪闪发亮，微笑着陷入思索。'是，是个好梦，非常好。梦里还有许多美妙的东西，只是表达不出来，甚至醒了就记不清楚了'"。奥勃隆斯基"高高兴兴地把腿从沙发上垂下来，用脚去探那双妻子为他绣上花的金色皮拖鞋（去年的生日礼物），按照九年来的老习惯，并不起身，抬手伸向卧室里挂晨衣的老地方。这当儿他才猛然想起，他并没有睡在妻子的卧室，而在书房，和为

什么会这样"。（1.1）

"奥勃隆斯基穿好衣服，洒上香水，整了整衬衫袖口，用习惯的动作把香烟、钱包、火柴、系着双重链子和各种小坠子的怀表塞到几个口袋里。抖了抖手帕，自我感觉洁净、芳香、健康，尽管遭遇不幸但依然能体验到**肉体**的愉悦，他走向餐厅，每一步都轻盈飘逸。"（1.3）

看到痛苦的妻子，他哭了，"心里对她有说不出的怜惜"。多莉毫不妥协，让他觉得找不到出路。经历了这样的心理波动，走出妻子的房间，路过餐厅时，他注意到在给钟上发条的德国钟表匠，"想起了他给这个一丝不苟的秃头编的笑话——这德国人'为了不耽误给钟上发条，给自己上足了一辈子的发条'，笑了。奥勃隆斯基喜欢俏皮的笑话。'说不定（出轨的事）真会顺利解决！'"。（1.4）

正因为健忘，奥勃隆斯基从未被生活中的困难吓倒，目光永远积极向前，总是以最阳光的心态迎接每一天。

与列文共进晚餐时，奥勃隆斯基这样调侃他："看烙印我能识别烈马，看眼神我知道哪个少年在钟情。"随后献上美好的祝福："再没有比这事更让我盼望的了——没有！真是再好也没有了。"（1.10）为了帮助列文克服犹疑与不自信，他甚至告诉列文，多莉有预测婚姻的神秘能力，她断言基蒂会嫁给他，并宣称，在与弗龙斯基的竞争中，机会在列文这边——此时弗龙斯基还没有遇到安娜，尽管他并无意与基蒂结婚，依然暧昧地与她调情，惹得基蒂春心荡漾，并让社交界以为，他和基蒂的婚事已成定局。

但第二天上午，当奥勃隆斯基遇到弗龙斯基时，居然脱口而出："看烙印我能识别烈马，看眼神我知道哪个少年在钟情。"和对列文说的一模一样。他"完全忘了昨天对朋友的真诚关心，现在对弗龙斯基产生了同样的感情"。(1.17)

奥勃隆斯基与弗龙斯基的这场相遇，发生在莫斯科的火车站。奥勃隆斯基去接妹妹安娜——为了说服嫂子与哥哥重归于好，她专程从彼得堡赶来，而弗龙斯基是去接与安娜同车到来的母亲。哥哥的出轨引出了安娜的故事——正是在车站，她与弗龙斯基第一次相遇。也就在车站，发生了一场悲剧，从一开始就给安娜和弗龙斯基的爱情抹上了一层不祥的阴影——一个护路工不小心被正在倒车的火车轧死了。奥勃隆斯基去了现场，看到了血肉模糊的尸体，他"显然很难过，紧皱着眉，好像要哭出来"。可几分钟后，他已经在跟弗龙斯基的母亲"讨论一个新来的歌女"。(1.18)

甚至妹妹的悲惨结局也不能改变他。因为与弗龙斯基的冲突，安娜在车站卧轨自杀，事情刚过了两个月，在另一个

激情与家庭

车站，奥勃隆斯基去欢送远征塞尔维亚的兄弟们，偶然听说弗龙斯基也要坐这趟车去塞尔维亚参战，"一刹那间悲伤在奥勃隆斯基的脸上浮现，但一分钟后，踩着轻快的步伐，捋着络腮胡子，他走进了弗龙斯基所在的候车室，已经完全忘了自己曾趴在妹妹的尸体上绝望地痛哭，只把弗龙斯基看作一个英雄和一个老朋友"。(8.2)

陀思妥耶夫斯基这样评价奥勃隆斯基："（他）是个自私自利的人、享乐至上主义者［……］通常人们是把这种人看作是天真的和可爱的、只知享乐的人，不妨碍别人的、令人感到愉快的自私自利者，过着自己心满意足生活的机敏的人。这类人物通常都有一大家子人，他们对待妻子和儿女都很亲切，但是却很少为他们着想。"（陀思妥耶夫斯基，639）

奥勃隆斯基代表了一类非常现代的人：心地善良，开朗阳光，从生理到心理都非常健康，永不疲倦。但另一方面，他非常肤浅，只关注感官愉悦；非常健忘，哪怕是真诚的同情、怜悯与哀伤，也转瞬即逝，完全被忘却。

第二章
安娜的新生活

她脸上焕发出被压抑的活力，

在闪闪发亮的眼睛和红唇弯曲的

几乎察觉不到的微笑间跳动。

仿佛有一种过剩的从身心满溢出的东西，

时而在明亮的眼神中，时而在微笑中，

不由自主地透露出来。

一

正当哥哥因为出轨事发焦头烂额之时，安娜出场了。她成功说服了嫂子与哥哥和好，挽救了哥哥的婚姻，但自己付出了沉重代价——走上了最后通往冰冷铁轨的人生歧路。如此吊诡的情节，只是托尔斯泰为了吸引读者所采用的文学技巧，还是别有所指？奥勃隆斯基的出轨和安娜的出轨间，有没有可能存在某种"神秘"的内在联系？

安娜和弗龙斯基在车厢门口初遇时，"短短的一瞥间，弗龙斯基注意到她脸上焕发出被压抑的**活力**，在闪闪发亮的眼睛和红唇弯曲的几乎察觉不到的微笑间跳动。仿佛有一种过剩的从身心满溢出的东西，时而在明亮的眼神，时而在微笑中，不由自主地透露出来。她刻意熄灭眼中的光芒，但它违背她的意愿，在几乎察觉不到的微笑里闪烁着"。（1.18）

这一描写受到了研究者的广泛关注。罗伯特·杰克逊（Robert Jackson）指出："托尔斯泰提醒大家注意安娜身上涌出的蓬勃生命力——活力（ozhivlenie），一个在第十八章描述安娜时用了三次的关键词。[……]这种充沛的精力，这种生气，这种近乎兽性的活力，恰恰是安娜的一个特殊标记。"（Jackson，83）我们不该忘记，她的哥哥奥勃隆斯基，身上也同样洋溢着按捺不住的生命力。理查德·古斯塔夫逊（Richard Gustafson）则直言："安娜在小说中亮相的第一个动作，就是被压抑的调情（suppressed flirtation）。"（Gustafson，118）

当弗龙斯基的母亲介绍他们认识后，"'是的，伯爵夫人和我一直在聊——我谈我的儿子，她谈她的'，安娜说，微笑再度让她容光焕发，一个对他而发的温柔的微笑。'您一定烦透了。'他说，立刻在半空接住了她抛来的这个**卖弄风情**的绣球"。安娜走了，找哥哥去了，"敏捷的步伐以那么奇特的轻盈姿态，带动她相当丰满的躯体"。（1.18）这是否似曾相识？

接下来就是那个护路工的悲剧，与弗龙斯基的献媚——安娜得知护路工扔下了靠他养活的一大家子时，情绪很激动，于是弗龙斯基给了护路工的家人200卢布。著名的俄裔美国作家、曾见过托尔斯泰的纳博科夫（Vladimir Nabokov）评论说："安娜知道弗龙斯基是为了讨好她，而给那个人的家人钱的——那是弗龙斯基给她的第一份礼物——作为一个已婚女人，她是不该接收陌生男子的礼物的。"（纳博科夫，179）

这仅仅是因为那个年代俄罗斯的习俗吗？不，任何社会，任何时代，不论已婚未婚，任何一个正常的女人，对陌生男子的珍贵礼物，都会有正常的感知能力，都清楚——即便不愿明白承认——背后的微妙含义。200卢布在当时可不是小数目——前一天早上奥勃隆斯基出门时，仆人找他要一大家子的生活开销，他只给了10卢布，而他和列文的豪华牡蛎大餐，也只花了28卢布。

还有安娜那神秘的灾难预感。和弗龙斯基分别，上了奥勃隆斯基的马车后，她的嘴唇开始哆嗦，眼泪就要夺眶而出。哥哥很吃惊，问是怎么回事，安娜断言，护路工的死对她来说是个凶兆。相信读过这部小说的很多人都对此记忆深刻，但恐怕极少有人会像加里·莫森（Gary Morson）[1]那样提问：即便护路工的死真的是个凶兆，在场的人那么多，安娜为什么会认为，预兆一定是冲她来的？（Morson，65）

当根本不相信世上还有所谓凶兆的奥勃隆斯基试图把安娜拉回现实，急切地要谈谈自己的"不幸"，她却问道："你认识弗龙斯基很久了吗？"安娜知道的关于弗龙斯基的第一件事，就是社交界对他和基蒂的婚事的期待。而她的反应

---

[1] 莫森是美国艺术与科学院院士，西北大学（位于芝加哥）讲席教授，英语学界托尔斯泰的权威研究者。

是："抖了抖脑袋，仿佛要甩掉什么多余的、碍事的东西。"（1.18）

古斯塔夫逊这样描述安娜的出场："就在直面护路工的死和专程赶来试图挽救的失败婚姻这样的人间悲剧时，安娜开始了一段罗曼史。和弗龙斯基一样，她甚至利用悲剧带来的机会，给浪漫加油。"（Gustafson，119）

第二天，在奥勃隆斯基家中，被安娜征服、有些手足无措的基蒂怯生生地表示，渴望在即将举行的舞会上见到她——包括基蒂在内的很多人，认定弗龙斯基会在这场舞会上向基蒂求婚。

安娜回答："如果我去的话，至少能因为这会给你带来快乐而感到欣慰。""我知道为什么你邀请我参加舞会。你对这场舞会有很多期待，希望所有人都在场，希望所有人分享。""斯蒂瓦告诉我了，我恭喜你，我很喜欢他。"（1.20）

晚上快十点，当安娜走上楼梯去取儿子的相册，要跟围坐在一楼起居室中的大家分享时，弗龙斯基突然到访，借口是向奥勃隆斯基打听明天他们要请一位刚到莫斯科的名人吃饭的事。她"朝下看，**立刻**认出了弗龙斯基，一种奇怪的欣喜突然袭上心头，伴随着莫名的惧怕"。弗龙斯基站了站就走

了，"大家都觉得怪怪的，尤其对安娜来说，这显得蹊跷和不妥"。（1.21）

在终于到来的舞会上，社交界的名流、舞王科尔松斯基邀请安娜跳华尔兹，她想拒绝，这时弗龙斯基走了过来，安娜马上接受邀请，假装没看见他的鞠躬，去跳舞了。"'为什么她看见他不高兴呢？'基蒂想，注意到安娜故意不理睬弗龙斯基的鞠躬。"（1.22）在他面前，安娜做了点象征性的抵抗。

和一个无法拒绝的无聊年轻人一起跳玛祖卡之前的最后一场卡德里尔舞时，基蒂恰巧做了弗龙斯基和安娜这一对的对舞者。她发现安娜展露出"一种全新的、出人意料的"状态。"在她身上，她看到了一丝自己非常熟悉的成功带来的亢奋神情。她看出安娜因自己将人迷得神魂颠倒而陶醉。她明白这种感觉，明白它的表征，她在安娜身上看到了它们——看到了她眼中战栗的、闪耀的光芒，不自觉地弯起嘴唇的幸福、激动的微笑，和动作恰如其分的优雅、准确与轻盈。"几行之后，同样的描述几乎重复了一遍："每次他跟安娜说话，她的眼睛里就会迸发出喜悦的光芒，幸福的微笑让红唇弯曲。"

玛祖卡是舞会的压轴戏，几乎所有基蒂的熟人都认为，弗龙斯基会邀请基蒂跳玛祖卡，并在跳舞时求婚。为此，基蒂拒绝了好几个不明就里的年轻人的邀请。结果，弗龙斯基邀请了安娜。答应之前，她问："你不是要跟基蒂跳吗？"

跳玛祖卡，安娜需要两个女伴，她主动选择了基蒂。"安娜眯着眼睛看看她，握着她的手，笑了笑。但注意到基蒂只用绝望和惊愕的表情回应她的微笑，她转身开始和另一个（被选中的）女士热切攀谈。"（1.23）

这场舞会，代表了基蒂和列文的至暗时刻——基蒂拒绝了列文的求婚，正是因为相信弗龙斯基会在舞会上求婚[1]，而对安娜和弗龙斯基来说，这是最灿烂、最美好的时刻。

劝说嫂子与哥哥和好时，安娜从头到尾没有真正谴责过哥哥。当她回到彼得堡，见到爱嚼舌头的上流社会贵妇人，轻描淡写说事情并不严重，"我嫂子太任性了"。（1.32）古斯塔夫逊敏锐地观察到："她对哥哥的过错的态度，跟她未来对待自己的过错的态度一模一样。兄妹俩都'有错，可又没有错。全部悲剧就在这里'。"（Gustafson，120）

---

[1] 这就是托尔斯泰把列文回到乡下的叙述放到舞会之后的原因。

第二天，安娜要回家了。

嫂嫂觉察到了小姑子的反常："你今天好奇怪！"

"不是怪，是坏。有时就会这样。我老想哭。这很傻，但会过去的。""她的眼中有种特别的亮光，频频盈溢着眼泪。"

当多莉向她表示感谢，安娜"含着泪光"回答："我常想，为什么大家一致决定要宠坏我。"

"你灵魂中的一切都是清澈和美好的。"

"就像英国人说的，每个人的灵魂中都有他的骷髅。"[1]

"你能有什么骷髅？你的一切都是这么清澈。"

"有！"安娜突然说，刚流过眼泪，一个狡黠的、嘲弄的微笑出人意料地让她的嘴唇噘起。

多莉也笑着说："好吧，那你的骷髅也是滑稽可笑的，而不是阴郁压抑的。"

"不，它们是阴郁压抑的。你知道我为什么要今天而不是明天走吗？这压在我心头，我要向你坦白。"[……]

让多莉惊讶的是，安娜的脸一直红到耳根，红到脖

---

[1]　英谚"橱柜中的骷髅"，意谓不可告人的黑历史。

子上一圈圈乌黑鬈发边。

"你知道为什么基蒂不来（你家）吃晚饭吗？她在吃我的醋。我破坏了……我是使这场舞会给她带来折磨而非快乐的原因。但真的，真的，不怪我，或者只能怪我一丁点儿。"她说，细声拖长了"丁点儿"。

"哦，你说得多像斯蒂瓦啊！"多莉笑了。（1.28）

和哥哥一样，安娜觉得自己只是个淘气的孩子，而且是被大家宠坏的淘气孩子。古斯塔夫逊这样评论："尽管安娜清楚知道应当为自己的行为负责，但她不愿面对后果，也不愿采取负责任的（补救）措施。她挥了挥手，希望告别纠缠。"（Gustafson，121）

但连多莉的那一大帮孩子都明白，一切已经不一样了。"要么是孩子善变，要么是非常敏感，觉察到那天安娜与刚来时他们如此喜欢的（姑姑）不一样了，觉察到她不再关心他们了——不论如何，他们突然不再缠着姑姑，不喜欢她了，对她离去很不在乎。"（1.28）

托尔斯泰真的无法确定孩子们态度转变的原因吗？让我们回顾一下托尔斯泰自己关于写作技巧的说明："我注意到，一个故事只有在读者弄不清作者同情哪一方时，才会让人记

住。我所有写作，都遵循这一原则，不让我的立场引起（读者的）注意。"（Gibian，783）

二

回彼得堡的火车上，安娜陷入了陶醉、恍惚的冥想，"有什么东西要把她拽进去，她能够，**根据自己的意愿**，选择顺从或拒绝"。（1.29）

第二天一早，火车驶入彼得堡。下车后，"引起她注意的第一张面孔，是丈夫的面孔"。"哎呀，我的上帝！他的耳朵怎么变成这样了？"（1.30）

的确，安娜的夫妻生活缺乏激情。在莫斯科时，多莉就觉察到，她和卡列宁的"家庭生活的整体氛围中，有着某种造作的感觉"。（1.19）基蒂在憧憬安娜的同时，也曾想到卡列宁"缺乏诗意的外貌"。

在和基蒂的对话中，安娜坦陈："对我来说，舞会已经没什么可开心的了〔……〕只是有些舞会不那么麻烦，不那么沉闷罢了。"

"哦！像你这种年纪多好啊。"安娜继续道，"我记得，也熟悉那蔚蓝色的烟霭，如同瑞士群山中的雾一般。这烟霭笼罩着童年即将结束时无忧无虑的时光中的一切，走出这欢乐、幸福的广阔天地，路就越来越窄了。虽然看起来光明美好，走进这一个套一个的房间，你觉得快乐而又惊惶……谁没有走过这段路呢？"（1.20）

值得注意的是，那时的安娜，并没有把生活的平静乃至乏味归咎于丈夫，而认为是人的宿命。

现在，突如其来的对丈夫耳朵的厌恶，是一种新的情感，是安娜精神生活的分水岭。

小说中卡列宁的形象，确实讨厌，甚至令人作呕。不过，莫森神奇地发现了托尔斯泰的一个秘密——卡列宁的丑恶形象，主要是从安娜的视角进行描写的结果，也就是说，那只是安娜眼中的丈夫，而非真实的卡列宁。

2007年，莫森出版了一部与主流看法迥异的解读《安娜》的著作，其中最精彩的，就是对卡列宁的分析。莫森指出：

卡列宁的耳朵不可能有（安娜感觉到的）这么糟，

否则她以前早就注意到了。［……］评论家通常将关于"耳朵"的这段看作安娜开始爱上弗龙斯基后对丈夫情感转变的标志。这是对的。但当时所发生的并不止此，虽然这需要先往下读再回溯才能明白。当小说继续推进，托尔斯泰清楚地展现出，安娜从此开始**教自己把卡列宁看作一个令人厌恶、冷漠无情的人**。因此这提到"耳朵"的第一处描写，不仅是感情变化的标志，同时也是我们下面会认识到的，一长串的导致感情变化的**主动塑造行为**中的第一个。她越把注意力集中到自己不喜欢的东西，越认为卡列宁冷漠无情，她眼中的他就**自发地**变得越来越如此。（Morson，84）

回到彼得堡，下车后的第一眼，安娜发现了卡列宁讨厌的耳朵，从此开始了新生活。弗龙斯基跟着她来了彼得堡，社交场上安娜所到之处，他如影随形，引得流言纷纷。更重要的是，在家里，她和卡列宁开始有了摩擦。在她眼里，卡列宁越来越暴露出虚伪、无情的本质。

莫森敏锐地指出，此前安娜心中卡列宁的形象并不如此，而那才是真实的卡列宁：

安娜知道，后来也承认，虽然卡列宁不擅于表达情感，但他确实情感丰富。当他迎接从莫斯科回来的安娜时，他好像是在反讽："'是啊，你看，你温存的丈夫，依然像结婚第二年那样温存，盼你盼得望眼欲穿'，他用他那慢条斯理的尖细声音说，带着对她说话时几乎总是使用的腔调，一种嘲笑一个可能真心说这些话的人的腔调。"（1.30）正如巴赫金（Mikhai Bakhtin）[1]对这段描写的解读，卡列宁真的想念安娜，但他不会说情话。他只会套用别人的话，弄得像在背诵一样。因此他给自己的真心想法加上了自我解嘲的语气。两页[2]后，卡列宁结结巴巴，"不再用嘲讽的口吻"，告诉他的妻子："你不会相信我已经有多么习惯于……"（1.31）没办法完整表达自己的情感，他久久握着妻子的手，意味深长地微笑着。

当安娜完成挽救哥哥婚姻的使命回来后，卡列宁告诉她，虽然奥勃隆斯基是她的兄弟，也不能不对他加以谴责。安娜崇拜这种正直，尊重丈夫不愿让家庭关系影响是非判断的决心："她知道丈夫的这一特点，也喜欢它。"当她看见卡列宁在读一本法国文学作品时，她想

---

[1] 巴赫金，苏联著名文艺批评理论家。

[2] 莫森引用的是加本。

到，尽管全力试图跟上文化潮流，他实际上并不懂。想到这时，"安娜笑了，正如大家看到心爱的人的弱点时那样。她挽着他的手臂，陪他走到了书房门口"。（1.33）这些地方告诉我们，在这个时候，她知道丈夫真的爱她，而她也爱丈夫。尽管他有种种弱点和局限，他们的婚姻——虽然有缺陷——并非是她后来所谓的活地狱。尽管后来一再做出相反的声明，她清楚，虽然卡列宁存在种种情感表达障碍，他远非无情的"官僚机器"。（Morson，88—89）

小说明白无误地写道："**她了解**，晚上读书是他必不可少的习惯。**她了解**，尽管公务几乎占去全部时间，他还是认为有责任关注知识界发生的一切大事。**她还了解**，他真正感兴趣的是政治、哲学和神学方面的著作，艺术和他的天性完全不合；但即便如此，或毋宁说正因为如此，卡列宁从不放过任何在艺术界引起反响的书籍，认为自己有义务去阅读所有这些著作。**她了解**，在政治、哲学和神学上，卡列宁会有怀疑，会去研究；但对艺术和诗歌，尤其是一窍不通的音乐问题，他却抱着最明确的坚定见解。"（1.33）

后来，当卡列宁第一次试图跟安娜严肃地谈谈她的绯闻时，她故意回避。"她那么单纯、那么快活地望着他，任何不像丈夫那样**了解她**的人都不可能从她的声调或话的意思中听出丝毫的不自然。但对于**了解她**的他，**了解**只要自己上床晚五分钟，她就会注意到并问为什么的他，**了解**她每逢高兴、幸福或苦恼，都会立刻向他诉说的他——对他而言，现在看到她不注意他的状况，也只字不提她自己，这非同小可了。他看到她以前总是向他开放的灵魂深处，现在对他关闭了。"（2.9）

纵然有缺陷，但遇到弗龙斯基前，安娜的婚姻生活是和谐的，她和丈夫之间并无隔阂，也不乏温情——当然不是激情，这还需要怀疑吗？

现在，安娜变了。莫森继续说：

> 为了加入弗龙斯基玩世不恭的堂姐妹贝特茜·特薇尔斯卡娅公爵夫人那一伙，安娜不再和此前更欣赏的另一个社交圈来往了。一开始，安娜"真心相信自己讨厌"弗龙斯基的追求，但当一次他没能在贝特茜家露面时，袭来的失望之情让她明白，他的追求已成了"她生命全部的兴趣所在"。（2.4）安娜不再自我欺骗，但犹豫不定，她又来到贝特茜家，命令弗龙斯基别再纠缠她，这

激情与家庭

是一个他正确领会到代表了她对他有感觉的矛盾的声明。她深情地哀叹他没心没肺，他领会到，言外之意恰恰相反。她警告他，"不许"他提到爱，但"立刻发觉，恰恰是'不许'这个词，等于承认自己对他拥有一定的权利，因此恰恰会鼓励他求爱"。(2.7)如果你爱我，就别爱我：这就是这样的禁令的逻辑。安娜向弗龙斯基宣告，她是专程来告诉他，她再也不想看见他了[1]，这是同样自我否定的命令的另一个版本。(Morson，89—90)

事实上，本来弗龙斯基已"开始觉得没有成功的希望了"。(2.4)当安娜发表关于激情和婚外恋的看法时，"弗龙斯基盯着安娜，揪着心等着听她要说什么。当她说出这番话[2]，他像逃脱危险似的长出了口气。"紧接着，安娜又说出了上文莫森引用的自我否定的言论，"他狂喜，在心里说：'在我已经绝望，在似乎不会有结果的时候——它来了！她爱我。她承认了。'"

几乎绝望的弗龙斯基等来了柳暗花明的一刻，卡列宁的

---

[1] 此处莫森似乎有笔误，小说原文写的是"这绝不能再继续下去了"，指的是弗龙斯基的追求。

[2] 安娜说："如果说，有多少个脑袋，就有多少种想法，那么，有多少颗心，也就有多少种爱情。"(2.7)

命运却从此急转直下。当晚，他到贝特茜这儿接妻子回家，看到安娜和弗龙斯基与大家分开，单独坐在一起，热烈地交谈。在场所有人都清楚其中的意味，除了卡列宁自己。"这可有点不像话了。"（2.7）一位女士说出了大家的心里话。卡列宁注意到了大家的反应。但安娜不肯和他一起回家，要留下来吃晚饭，他只好独自先回去。在家等待妻子时，卡列宁陷入了沉思："妻子和弗龙斯基单独坐在一起，激动地谈着什么，卡列宁不觉得有什么特别或不对劲的；但他注意到客厅里其他人都觉得这不寻常、不对劲，因此他也发现这不对劲。他决定要跟妻子谈谈。"（2.8）

读者很容易认为，这表明卡列宁是个伪君子，他关心的并非妻子是否出轨，而只是别人有没有注意到。但莫森提醒我们，这可能是误读："这段话并没有说，卡列宁清楚安娜有失体统，但除非别人注意到了，否则他并不在乎。"那么，他的问题出在哪里呢？

莫森以为：

> 卡列宁关心别人的说法，是因为这是他唯一能确定到底发生了什么的方式。好比有些人是色盲，卡列宁是人际关系方面的盲人。正如他自己、安娜和所有其他人

知道的，他缺乏解读人际交往语言的能力，尤其是那些与深层次情感有关的。没法判断是否发生了不得体的事，他依赖那些能看到他看不到的东西的人，像一个色盲（依赖别人）确定一件新衬衫的色调那样。别人的判断之所以起作用，不是因为大家怎么看是他唯一在意的，而是因为自己没有能力。他真的在乎安娜是否与弗龙斯基有染，但知道自己根本无从判断。（Morson，90—91）

证据是托尔斯泰在小说中的评论：

> 卡列宁不是个爱嫉妒的人。在他看来，嫉妒是对妻子的侮辱，而做人应当信任妻子。至于为什么应当信任——就是说，完全相信年轻的妻子会永远爱他——他从未问过自己；但他没有体验过不信任的感觉，因为他信任她，并告诉自己必须这样。但现在，虽然嫉妒是可耻的、应当信任的信念并未被打破，他感觉到自己正直面什么不合逻辑的荒唐的东西，不知怎么办才好。卡列宁正直面生活现实，面对妻子爱上另一个男人的可能，在他看来，这是如此荒唐和不可思议，因为这就是生活本身。（2.8）

对于这段话，莫森这样解读：

> 头两句是卡列宁的内心独白：他告诉自己，他没有嫉妒，提醒自己嫉妒是对妻子的侮辱这一信念。正是他否定嫉妒这一事实，证明他感到了嫉妒。接着作者对卡列宁的天真信念——一个年轻妻子会永远忠实于年长的丈夫[1]，进行了嘲讽。卡列宁认为，既然他一直以来都信任妻子，现在也应当如此。这完全不合逻辑。在这里及整个第八章，托尔斯泰向大家展示了嫉妒的卡列宁的心理，突出他天真地试图努力理解自己的嫉妒，呈现其喜剧效果。托尔斯泰从卡列宁的内心视角转向外部判断，没有损害任何一方。（Morson，91）

这种情况下，卡列宁上演了被无数读者唾弃的一幕，准备了这样一篇说教：

> 她的感情，她灵魂里曾经有过或正在产生什么念头，不关我的事。这是她的良心问题，属于宗教范畴。[……]

---

[1] 安娜比卡列宁年轻许多，关于他们的结合，下文会进行讨论。

我的义务是明确规定好的。作为一家之主，我有义务引导她，因此要对她（的行为）负一部分责任。我应当（向她）指出我所觉察到的危险，警告她，甚至行使我的权力。我得明白地跟她谈谈。[……]我要说明以下几点：第一，说明舆论和面子的重要性；第二，说明婚姻的宗教意义；第三，如果必要，指出我们的儿子可能遭遇的不幸；第四，指出她自己可能遭遇的不幸。(2.8)

与绝大多数读者不同，莫森保留了对卡列宁的同情：

卡列宁的问题不是缺乏感情，而是缺乏理解能力。他把握不了恋爱关系，只会轻松处理公务备忘录中"生活的影子"。现在别无选择，只能忍痛面对现实生活的难题。在彻底的无力感的驱使下，卡列宁的官腔甚至变得更严重了。这虽能带来暂时的安慰，但很快便让他感到从未有过的无助。想得越多，感觉越糟，越想控制自己不去想，嫉妒越萦绕心头。

卡列宁等安娜等得越久，她迟迟不归就越让他觉得事态严重。他来回踱步，周而复始的步子带来了想法的恶性循环。他告诉自己一定要说些什么。但说什么呢？

考虑到嫉妒是对妻子的侮辱，他决定什么也不说。但这一关于嫉妒的名言再也不起作用，因此他意识到自己终究必须说些什么。但是，把事情挑明等于指责她，可能会变成诬蔑，等等。卡列宁试图做到无可指摘，不愿因未证实的怀疑而指责妻子。不过他认识到，没办法再沉默下去了。很多比卡列宁更善于沟通的人，都曾发现自己身陷这样的困境。

为了走出困境，卡列宁用了最擅长的方式，准备了一篇官腔十足的说教。这不是因为相信官腔会起作用，而是别无选择。他真的想表达自己的感受，想谈谈她的行为，但那需要一套他把握不了的语言，因此只能退而求其次。而且，如果只泛泛讨论对生活准则的破坏，就可以避免直接指控妻子和弗龙斯基有染。如果不实，这一指控就太伤人了。他希望她会主动提到更迫切的话题，无须自己点明有损人格的怀疑。（Morson，91—92）

当妻子终于在深夜回到家中，卡列宁痛苦的精心准备，很快被证明毫无用处：

卡列宁试图打破安娜的回避，但她轻易逃脱了。他尽量不责备她："今晚你和弗龙斯基伯爵（他坚定地、从容不迫地说出这个名字）过分热烈的交谈引起了大家的注意。"卡列宁一定要清楚地把弗龙斯基的名字说出来，因为任何嫉妒的人都会发现这个名字会带来太多的痛苦，以致说不出口，从而会用一个代词或其他替代方式。通过刻意强调弗龙斯基的名字，他意图避免任何不贞的指责。而安娜刻意曲解了丈夫的声明的要点。带着"难以捉摸的神色"，她用"含笑的眼睛"望着卡列宁，回答说："'你老这样'，她回答，好像完全不懂他在说什么［……］'我无聊的时候你觉得不好，我开开心心的，你又觉得过了。我现在不觉得无聊，这惹你不高兴了？'"（2.9）

最后，卡列宁不再拐弯抹角，抛下了所有官腔，甚至所有责难，发自内心地说："安娜，看在上帝分上，别这么说话。"他温和地说，"也许我错了，但相信我，我说的不光是为我自己，也是为了你。我是你的丈夫，我爱你。"安娜没料到丈夫真情流露，她面临抉择：继续装傻，还是认真考虑他的情感和他爱她的事实。（Morson，95）

这时，莫森又发现了小说中看似不经意的一处伏笔的深刻内涵。在回彼得堡的火车上，安娜读过一本英文小说。托尔斯泰没有交代作者和书名，但莫森根据情节描述，推断出应当是 19 世纪著名英国作家安东尼·特罗洛普（Anthony Trollope）的《你能原谅她吗？》，小说讲述的是一个热情洋溢的女人格伦科拉和一个年长的杰出官员帕利泽的婚姻故事。帕利泽在情感表达上有障碍，重视道德到了呆板的地步。显然，格伦科拉和帕利泽的结合，与安娜和卡列宁这一对非常相似。

莫森指出：

> 特罗洛普的小说讲述了三个故事，每个故事里都有一个生气勃勃的女子必须在一个"值得尊敬的男人"和一个"狂野的男人"间做出选择。格伦科拉虽然嫁给了帕利泽，但仍爱着婚前认识的伯格·菲茨杰拉德。她公开和他调情，并考虑私奔。和《安娜·卡列尼娜》一样，帕利泽决定要做一件对他来说相当困难的事——和她谈谈。和安娜一样，格伦科拉总是有意曲解，转移话题，直到最后他用真挚的情感向她诚实的理智发出呼吁。
>
> 和安娜一样，格伦科拉被这一发自内心的诉求打动了。作为回应，她认真思考他的话。她意识到自己错了：她允许以前的情人向自己倾诉爱情，是"对丈夫的不

忠"。"她的良知冲破了自身正在编织的谎言。"认识到丈夫尽管呆板，不会说情话，但他真的爱她后，她决心修复关系。

在相似的情境中，安娜做出了相反的抉择。卡列宁真心实意的恳求和爱的告白是帕利泽的直接翻版，安娜也和格伦科拉一样被打动了。但安娜决定不以同样的方式做出回应，而是继续虚伪地生活。为了这么做，她必须否认他爱她，甚至否认他有爱的能力："一时间她的头垂了下来，眼里的嘲讽光芒消失了；但'爱'这个词却又激起了她的反感。她想：'爱？但他能够爱吗？要是他没听过有爱这么回事，是永远不会用这个词的。他甚至都不懂爱是什么。'"（2.9）

安娜和格伦科拉一样，知道爱是丈夫真实的情感，但她挣扎着把他当成没有感情的人。这是为什么安娜垂下头，眼里的嘲讽光芒暂时熄灭的原因。于是她求助于一定在沙龙中听人重复过无数次的陈词滥调，诬蔑丈夫要是没听过爱这个词云云。从此，卡列宁根本没法说服她诚实地说话与倾听。（Morson，96）

从此，安娜走上了哥哥的道路，向着出轨越滑越远。但是，"在有一个方面，安娜和哥哥不同。奥勃隆斯基永远不会有罪恶感、悔恨与羞耻感，但安娜却容易受到这些情绪的影响。[……]因此她会去做奥勃隆斯基永远不会做的事：她教自己戴着有色眼镜去看。如果她能学会把丈夫看成一个没有感情的人，那么她就不会因伤害他而内疚。如果她能把他看作一个残忍的怪物，那么她对他的愤怒就合情合理了。如果她能教会自己对他产生这样强烈的厌恶，以致两人根本不可能再继续生活，那么除了抛弃他就别无选择。她无须承担任何责任"。(Morson，84—85)

这并非莫森的新见解。早在20世纪80年代，古斯塔夫逊就说过："安娜不会因自己的错而产生罪恶感，她找到了逃避责任的一个新方法。她故意丑化卡列宁的情感，把它们当作对付他的武器。他才是有罪的一方。他们的'新生活'开始了，卡列宁觉得自己像'一头乖乖低下头、等待他觉得已悬在头顶的斧子落下的公牛'(2.10)。"(Gustafson，122)

这样的解读有坚实的文本依据：

托尔斯泰明确指出，安娜就是这样欺骗自己的。他告诉我们，"安娜教自己去鄙视、谴责他"(3.23)，他把安娜听卡列宁说话和看他的方式称作"撒谎"和"虚

假"，并提供与她的感受相反的证据［……］

特别是，托尔斯泰非常清楚地表明，很多以第三人称描述卡列宁的段落是从安娜的视角出发的。他会时不时打断她的内心独白，加以评论，强调其与事实不符。或者他会在这样的段落中插入她内心声音的直接引述，表明这些对卡列宁的特征描述出自安娜。这一段落可能会提到"耳朵"或卡列宁把指节按得啪啪响——一个安娜教会自己去憎恶的习惯。有时托尔斯泰也会直接说她向自己撒谎。

安娜关于丈夫的新形象确立后，她正是在撒谎中享受到了乐趣。一开始，谎言是为了免除内疚与羞愧，但现在撒谎"变得不仅在社交生活中简单、自然，而且甚至给她带来了欢乐"（3.17）。这是安娜道德堕落的新境界。（Morson，85—87）

三

在安娜、弗龙斯基的想象中，肉体交欢是偷情的巅峰时刻，是最浪漫、最美好、最销魂的时刻。但在托尔斯泰笔下，却颇有些恐怖：

> 他感觉到了一个谋杀者看着被自己夺去生命的肉体时的感觉。这被夺去生命的肉体，就是他们的爱情，他们爱情的最初时光。一想到这是用羞耻这种可怕的代价换来的，他就感到某种可怖、可憎。因精神的一丝不挂而来的羞耻感压迫着她，也感染了他。但是，不论谋杀者对谋杀的肉体感到如何恐怖，他不得不把那肉体砍成碎块藏起，不得不享用谋杀者通过谋杀得来之物。
>
> 于是就如谋杀者像带着激情一般恶狠狠地扑到肉体上去，拖走，砍断，他在她脸上和肩上印满了亲吻。她握住他的手，一动不动。是的，这些吻就是用那羞耻换来的。是的，还有这一只手，将永远属于我的手，是我的同谋者的手。[……]
>
> "什么幸福？"她带着厌恶和恐怖说，她的恐怖不由自主地感染了他。"看在上帝分上，别说了，别再说了。"（2.11）

为什么？

卢梭在《爱弥尔》中说过这样的话：

真正的爱情一定伴随着激情，而激情一定指向一个完美的对象，不论真实或虚幻，但总是存在于想象之中的对象。如果眼中不再有完美，如果在所爱的人身上看到的只是感官享受的对象，还有什么能让恋人们激情澎湃？［……］爱情中，一切都只是幻觉。我承认。但爱情之所以能让我们焕发青春，我们之所以会去爱，是因为我们会被真正的美所打动，这种情感是真实的。这种美并不存在于所爱的对象身上；它是我们的错误的产物。那又怎么样呢？在这一想象的典范前，恋人会因此少牺牲一点他所有的低级趣味吗？他心中的爱人，会因此少一点他认为必然具备的美德吗？他会因此缩短一点与那个兽性的自我保持的距离吗？我们见过真正的恋人，不准备为对方牺牲自己的吗？我们见过一个愿意献身的人的激情，仅仅源自粗糙的感官吗？（Rousseau，391）

布鲁姆对此做过非常精彩的诠释："一个人对另一个人强烈的、排他的性依恋有赖于一种思维习惯，那就是把对方想象成唯一能让自己幸福的独特对象。"（Bloom，93）性行为中的幸福感，源于心理的部分要远远大于源于生理的部分。男女关系中，真正的幸福来源于想象，对完美的想象。"纵然彻底绝望，所倾慕的对象依然保持独特与永恒，[1] 这是浪漫主义英雄的标志。即便明显愤世嫉俗的司汤达，也断言这会带来唐璜 [2] 完全无从知晓的强烈而深刻的体验。"（Bloom，148）所以，卢梭"坚持认为，人生第一次性经历决定了此后一生性生活的质量。那种偷偷摸摸、往往有辱人格的初次性生活尝试，会让层次降低，极大地遮蔽将情爱的狂喜与德性和美的现世奖赏相联系的理想主义"。（Bloom，124）

忠贞意味着永恒。永恒是完美极其重要、不可或缺的一部分。

当安娜看轻了她与丈夫的性生活的神圣性，这意味着，她看轻了性生活本身。她永远无法再神圣地看待自己的出轨或下一次婚姻，即便真的"相爱"。（事实上，永远无法再纯洁地相爱了。）当安娜背叛了丈夫，她毁掉了自己关于爱情和自身的圣洁幻象，她永远无法对弗龙斯基和她自己产生完美、

---

[1]　指不会改变或放弃倾慕，因为倾慕对象在本质上存在于想象中，现实中对象的缺点或负心无法动摇想象中对象应有的完美。举个简单的例子，遇上一个负心之人，不会让浪漫主义者对爱情本身失去信心。

[2]　西方文化中花花公子的代表。

崇高的想象了。他们的性生活，永远不可能会有真正的巅峰体验。[1]

布鲁姆继续说："阔别二十多年后，最近我回康奈尔大学做了次讲座。[2]一群学生在阳台上挂起了（抗议的）横幅：'伟大的性生活比伟大的著作更来劲。'没错，但没有后者，你不可能得到前者。"（Bloom，546）[3]

---

[1] 列文婚前也有过放纵的生活，为什么这没有摧毁他和基蒂性生活的神圣性？托尔斯泰大概会这么回答：列文不曾神圣地看待婚前性生活，当他否定了逢场作戏和寻欢作乐，不会伤及婚姻。但后来托尔斯泰的想法发生了变化，在《魔鬼》中，主人公在饿了就得吃饭的教育理念下，婚前为了"生理健康"而建立的不正当关系摧毁了一切幸福可能。

[2] 布鲁姆在 20 世纪 60 年代大学风潮中，离开了当时执教的在学潮中表现非凡的康奈尔。而当时的西方学潮，是我们今天熟知的政治正确主导舆论乃至国家政策的起点，也是性解放狂飙突进的重要节点。布鲁姆对此深恶痛绝。十多年前，笔者曾在相关文献中读到过这样一个故事。学生运动如火如荼之时，一个非裔美国学生看上了一个白人女学生，直截了当找她提出性要求，遭到拒绝。这位非裔美国人正告该女，你不同意和我发生性关系，说明你灵魂深处仍被种族主义所桎梏。结果呢？这个伟大的女孩子为了理想，为了自我纯洁，献身了。请原谅笔者当初没有记录下出处，我也懊恼不已。

[3] 布鲁姆以为，幸福（包括性生活上的幸福或者说性高潮）不是每个人可以自由定义、自由打扮的小姑娘，不是每个人只要遵循自身的所谓感觉就可轻易获得。普通人要明白什么才是最适合自己的幸福，需要经历一个非常艰难的过程，其中最关键的，是向历史上的伟大智者学习，聆听他们的教诲。否则，你根本不可能会有真正的性高潮。

四

安娜初次偷欢后的心态，还有一点值得注意。小说写道：

> 他说得越大声[1]，她就越低下那曾经如此快乐高傲、现在却羞愧得无地自容的头。她蜷缩着，从坐着的沙发上溜了下去，溜到了地板上他的脚边；要不是他拉住的话，她一定会倒在地毯上。
>
> "上帝呀！饶恕我吧！"她呜咽着说，拉住他的手紧紧压在自己的胸口。
>
> 她觉得如此罪孽深重，除了屈辱地乞求饶恕，再没有别的出路了；而现在她的生活中，除了他再没有别的人，所以她只能向他乞求饶恕。望着他，她在肉体上感到了屈辱，再也说不出话来。（2.11）

古斯塔夫逊评论说：

> 安娜装腔作势地演出了和解的一幕，就此开始了她

---

[1]　弗龙斯基希望安娜保持镇静。

的"新生活"。但她乞求饶恕的却并非她伤害了的人（卡列宁）。为了摆脱负罪感，她对自己假装忏悔。然后，直起身来，她把弗龙斯基推开，说："一切都完了。我什么都没了，只有你了。记住！"（2.11）如此戏剧性地与自己的过去果断决裂，伴随着一个否决的姿态[1]和话里隐隐的威胁，安娜把自己未来的责任全推给了弗龙斯基。（Gustafson，122—123）

弗龙斯基是个什么样的人？

陀思妥耶夫斯基借用友人的说法，称他是"匹穿制服的公马"。（陀思妥耶夫斯基，636）纳博科夫说，这是"一个没有多少内涵的男人，一个毫无才华可言，只讲时髦的男人。……（他）活着只知道满足自己的冲动"（纳博科夫，148）

的确，书中有两段关于弗龙斯基的经典描述：

在他的彼得堡圈子里，所有人被分成截然相反的两类。一类是低等的：庸俗、愚蠢，最主要是可笑，认为

---

[1] 推开弗龙斯基意味着对他的否定，意味着告诉他，是你害了我！

一个丈夫只应当和合法妻子同居，认为少女应当贞洁，妇人应当端庄，男人应当有男子气概、自制、坚定，认为应当抚养孩子，自食其力，偿还债务，及其他诸如此类荒唐的事。这是一类可笑的老派人。但另外还有类人，真正的人，弗龙斯基们都属于这一类。对这类人来说，最重要的是优雅、英俊、慷慨、大胆、快乐，毫不忸怩地沉溺于一切**激情**，而嘲笑其他一切。（1.34）

弗龙斯基的生活特别美满，因为他有一套无可置疑地规定了所有该做和不该做的事的准则。这套准则涵盖的范围很小。另一方面，准则从未遭受质疑，弗龙斯基从未越出范围一步，在做该做的事上从未有过片刻踌躇。这些准则规定：必须支付欠老千的赌债，却无须支付欠裁缝的钱；决不能对男人撒谎，对女子却可以；决不能欺骗任何人，却可以欺骗做丈夫的；决不能原谅别人的侮辱，却可以侮辱人；等等。（3.20）

不过，仅仅把弗龙斯基看成只知纵情声色的花花公子，显然太简单化了。正如第二段描述表明的，他是一个有原则、视荣誉为生命的人。尽管他会拖欠裁缝的工钱，但愿赌服输，绝不拖欠赌债，即便对手是个老千。尽管他会撒谎，但仅限于桃色事件，除此之外，他绝对诚实。尽管可以欺骗做丈夫的，但如果丈夫要求决斗，他会在"脸上带着同样冷冷的傲慢"，"朝空中开枪，等着被侮辱的丈夫的枪弹"。（3.22）

而且，他珍视部队的集体荣誉。"联队利益在弗龙斯基的生活中占有重要地位，既因为他爱联队，更因为联队爱他。联队里的人不仅喜欢、敬重弗龙斯基，也以他为傲。这样一个极其富有、受过非凡教育、能力出众、将来可能达成他的雄心和自负渴望中所有成功的人，却把一切置之度外，在生活的所有利益中，把联队和队友的利益最放在心上，队友们都以此为傲。"（2.18）

他慷慨、大方。"父亲的巨额资产，每年有十万到二十万收入，还没有在兄弟间分割。当欠了一堆债的哥哥，和一个毫无财产的十二月党人的女儿瓦丽娅·契尔科娃公爵小姐结婚时，弗龙斯基把父亲资产的全部收入让给了哥哥，只给自己留下每年两万五千卢布。"（3.19）

弗龙斯基道德上的问题，源自打小以来的生活环境："弗龙斯基从未在家庭的氛围中生活过。母亲年轻时是社交界的红人，作为有夫之妇，尤其在丧夫之后，有过许多无人不晓的绯闻。他几乎不记得父亲，在贵族军官学校长大。"（1.16）

但对安娜，弗龙斯基是认真的。为了留在彼得堡，留在她身边，他拒绝了一项事关前途的新任命，招致了高层的不满。久经风月的母亲逐渐明白，眼前发生的绝非常见的轻飘飘的风流韵事，而是"不顾一切、维特式的激情"，"会让他干蠢事"的激情。（2.18）于是，为了儿子的前途，老太太拉上哥哥，苦口婆心，劝弗龙斯基迷途知返。

　　母亲和哥哥的"干涉激起了他的怨恨——一种他少有的情绪"。[1]"假如这是平常的、庸俗的社交场桃色事件，他们就不会来烦我了。他们感觉到这不同，不是逢场作戏，这个女人对于我比生命还宝贵。而正是这点让他们无法理解，因而恼火。不管我们的命运会怎样，这是我们自己造成的，我们不会抱怨。……他们不懂什么是幸福，他们不知道对我们来说，没有我们的爱，就没有幸福，也无所谓不幸——生命就不存在了。"（2.21）

　　在与安娜的交往中，弗龙斯基终于迎来了迟到的成长与改变。

---

[1]　托尔斯泰为何强调弗龙斯基很少对人抱有怨恨之情？ 我们可以参考小说另一处描述："一个心肠很好的人，他（弗龙斯基）很少生气。"（2.23）

第三章
一切照旧

无法理解，性格坚强、诚实的安娜，

怎么能忍受这种由谎言构成的处境而不愿摆脱？

一

　　当丈夫第一次试图跟安娜谈谈时，她故意装傻，随口编着谎话，"自己听着，对自己撒谎的本领也感到吃惊。她说得多单纯，多自然，多像真的只想睡觉！她感到自己被一幅刺不穿的谎言铠甲包裹着。她感到一种无形的力量正在帮助她，支持她"。（2.9）从此安娜过上了新生活。

　　但新生活从一开始，就笼罩在浓重的阴影中。阴影不仅包裹了安娜，还有弗龙斯基。

　　弗龙斯基"清晰地回想起所有那些经常需要的、如此违反他本性的撒谎和欺骗的情景；他特别清晰地回想起，不止一次在她身上看到，因需要欺骗和撒谎感到羞耻。而且他体验到一种奇怪的、自他和安娜有染以来就会出现的情绪。这是对什么东西的厌恶——对卡列宁，对自己，还是整个社交界？他不知道"。

　　两人在这种处境下都很痛苦。但值得注意，弗龙斯基首先想到的，是为了安娜，而不是自己，必须改变这一处境：

"是的，以前她不幸福，但高傲、平静；而现在她无法平静，无法保有尊严了，虽然她努力不表现出来。是的，这事一定要做个了断。"他暗暗下了决心。

于是第一次，一个念头向他清晰地呈现出来：这种虚伪的状态必须终止，越快越好。"她和我可以抛弃一切，只带着我们的爱情，躲到什么地方去。"（2.21）

当弗龙斯基带着这样的念头，在他自己和周围人对他寄予厚望的赛马比赛前来见安娜，意外得知了她怀孕的消息，于是主动提出，应当做个了断。但安娜呢？古斯塔夫逊指出："弗龙斯基试图让安娜正视问题，像卡列宁一样，在她无法穿透的自我保护面前碰壁了。像对卡列宁一样，安娜躲在嘲弄的腔调后，轻描淡写地对待弗龙斯基的严肃态度。她模仿想象中的卡列宁对弗龙斯基的解决方案的反应，以此驳回弗龙斯基的'了断'提议。"（Gustafson，123）

"他不是人，他是一架机器，生气时一架凶恶的机器。"她补充说，回想起卡列宁的形体、说话方式和个性的所有细节，用所有她能找到的缺点来贬低他，不因她对他的巨大伤害放过任何东西。（2.23）

古斯塔夫逊和莫森都注意到了这处关键的描写。前者这样评论："她戏剧性地创造的卡列宁形象，是她需要的卡列宁。［……］安娜越想躲开努力压制的愧疚，卡列宁就必须越坏，从而使她越无法原谅他。不真实的投射排除了原谅的可能，因为它转移了罪责。罪责的转移是安娜自我保护的主要机制。"（Gustafson，123）莫森则说："托尔斯泰是明确的：她寻找他的种种独特之处——耳朵、把指节压得啪啪响、任何形体和说话方式的独特之处——刻意用最恶毒的眼光看待这些特点，用所有能找到的缺点来贬低他，不因她对他的巨大伤害放过任何东西。作者跳出安娜的视角，做了一个论断。就在她说卡列宁冷酷无情时，托尔斯泰指出，她没有考虑她的巨大伤害给卡列宁带来的痛苦，这是何等冷酷无情。如果存在巨大的伤害，正如作者表明的，那卡列宁并不痛苦就是不真实的。那些从安娜的角度来读这部小说的人没有注意到这段话。"（Morson，103）

　　而弗龙斯基仍在努力："我不明白怎么可能继续这样。而且不是为了我自己——我看到你在受苦。"他"无法理解，性格坚强、诚实的安娜，怎么能忍受这种由谎言构成的处境而不愿摆脱"。

小说回答说:"主要原因就是'儿子'这个她说不出口的词。当她想到儿子,想到他将来对这位抛弃了他父亲的母亲的态度,她为自己的所作所为,陷入了如此大的恐惧,以致无法理性思考,而像一个妇道人家,她只能努力用虚假的逻辑与言辞来安慰自己,好让一切维持原状,忘掉儿子会变成怎样这个可怕的问题。"(2.23)

许多评论家认为,安娜最终的悲剧源于爱情和儿子不可兼得。但莫森反复提醒我们,托尔斯泰往往从安娜的视角出发展开叙述,这只代表**安娜的想法**,并不意味着事实的确如此——正如安娜想象的卡列宁与现实的卡列宁不是一回事。关于安娜的儿子谢廖沙在她心中的真正地位,下面还将详细讨论。这里笔者只想指出,当安娜从莫斯科回到彼得堡时,除了突然发现丈夫的耳朵不可忍受外,还有对儿子的失望。在工作间隙抽空专门跑到车站接上妻子后,卡列宁让安娜坐自己的马车回家,自己回去办公了。到家后,她见到的第一个人是谢廖沙,他冲上来抱着妈妈的脖子。不过,"和丈夫一样,儿子在安娜心中引起了一种近乎失望的感觉。她想象中的儿子比实际上要好。她不得不回到现实,去欣赏他的本来面目"。(1.32)后来,面对丈夫语重心长的告诫,婚外恋可能给儿子带来的不幸,她哪怕有过丝毫的游移吗?而现在,木已成舟，为何儿子突然浮上心头？

我们姑且先回到弗龙斯基。安娜回避问题，拒绝直面现实，给弗龙斯基带来了深刻影响：

> 对卡列宁，转移[1]只发生在安娜的脑海里。她想象卡列宁的错，为此憎恨他，但卡列宁自己不会（因为安娜的想象）觉得内疚。对弗龙斯基，安娜真的把罪责转移了。她让他觉得自己是唯一该为困境负责的人。在这里，表演沉默是她最好的武器。[……]所有弗龙斯基看到的，只是他现在觉得如此深度地卷入其中的她的悲惨境地。因此当安娜安慰他说，"他为她毁了自己的生活"，弗龙斯基只会感觉相反。她无言的痛苦让他觉得，她"为他牺牲了一切"。"对她的不幸，他无法原谅自己。"（2.23）罪责的转移是彻底的。[……]弗龙斯基承担了全部责任，接受了转移的罪责。（Gustafson，123—124）

---

[1] 将自己的过错推到别人身上。

二

　　打那晚他和从贝特茜家回来的妻子谈过后，卡列宁再没对安娜提过他的猜疑和嫉妒，没什么比他嘲笑的通常处理方式更便于处理目前他和妻子的关系了。[……]"你不愿和我谈，"他仿佛在心里对她说，"反而对你更糟。现在你自己会来求我的，但我不会和你谈了。反而对你更糟"，他在心里说，就像一个努力去灭火，却没成功的人，为自己的徒劳而恼怒地说："活该！那你就烧吧！"

　　他这个聪明人，公务上如此敏锐，不理解这样对妻子完全是不理智的。他不理解这一点，是因为理解自己的真实处境，对他而言太可怕了，所以他把内心藏着对家庭（也就是妻子和儿子）的感情的抽屉关好，上锁，加了封印。他这位体贴的父亲，今年冬末以来变得对儿子格外冷淡，甚至用比对妻子更揶揄的态度对待他。"啊！年轻人！"他这么称呼他。

　　卡列宁觉得，并且对人说过，他从未像今年这样有过如此繁重的公务；但他没有承认的是，今年他给自己制造了工作，这是为了避免打开藏着对妻子和家庭的情感和想法的抽屉，而这些情感和想法在里面待得越久，就变得越可怕。假如谁有权利问卡列宁对妻子的行为怎么想，温顺、和善的卡列宁不会回答，相反，会对提问的人大为生气。这是为什么，每逢有人问候妻子的健康时，卡列宁的脸上就会出现一种高傲而严厉的神情。卡列宁不愿去想，也的确没有去想妻子的行为和感情。（2.26）

卡列宁的自欺欺人，是一个可怜的手足无措的老实人无计可施下的精神鸦片。他的健康因此大受影响。

安娜在回避，卡列宁也在回避。但该来的终归要来。

弗龙斯基在赛马场上出了事故，摔了下来。观众席上的安娜无法克制自己，在大庭广众之下情绪失控。于是在场的卡列宁提前送安娜回家。在马车上，依然处于失控状态的安娜向卡列宁坦白："我爱他，我是他的情人，我受不了你，我怕你，我恨你……随便你怎么处置我吧。""往马车角落里一靠，她双手捂着脸，放声哭了起来。"（2.29）

美国学者爱德华·瓦斯勒克（Edward Wasiolek）这样评论："安娜没有加上任何限定词，没有理由，没做任何辩解。她的告白完全没有考虑卡列宁的感受。"（Wasiolek，142）而

莫森如是说："很难想象会有比这更不顾及他的感受的告白：这几乎是虐待狂般地放大他的痛苦。"（Morson，109）

听到了这样的告白，"卡列宁一动不动，眼睛依旧直瞪瞪地注视前方，但整个脸上突然露出了一种死人般僵硬的庄严神色"。（2.29）

卡列宁有一个心理上的弱点，就是见不得他人流泪，他人的眼泪会让他失控。因此，对于卡列宁听到告白后的反应，莫森作出了如下诠释：

> 卡列宁对他人眼泪的反应又一次表明，他并非无情的人，但缺乏掌控情感的能力。卡列宁最害怕的是失去控制，他把这看作疯狂、稚气，还有令人羞耻的最私密的东西的完全暴露这三者混合的结果。他害怕受折磨，反而让折磨加倍。[1]［……］（后来）产褥热中的安娜断言，[2]虽然很难真正理解卡列宁，但他无疑感情深沉，能够真正宽恕人。她知道，他保持冷漠的外表，恰恰是因为他不愿让自己和他人看到激烈的情绪。从赛马场回家

---

[1] 越怕失控，越容易失控。

[2] 安娜和弗龙斯基的女儿出生时，她得了产褥热，这是一种当时可能致命的疾病。关于安娜一度濒临死亡，下文还将详细讨论。

的路上，安娜痛哭流涕，用不能更粗野的方式告诉卡列宁，她恨他，她是弗龙斯基的情人。卡列宁体验到了两种矛盾的情绪。可想而知，他愤怒，但他也感受到了"眼泪总是带给他的纷乱而剧烈的情绪波动"。愤怒和怜悯以一种他所不能理解的方式混杂在一起。他的反应是，为了不让自己的感受有任何暴露，努力压制身上"一切活人的表现"。（3.13）他脸上现出的死人般的僵硬，证明的不是无动于衷、残酷或阴郁的怒气，而是害怕不适当的怜悯会让他失去自控。（Morson，179）

无论如何，直面残酷的生活现实，卡列宁还是暴露出了非常丑陋的一面。懦弱的他，以国家需要自己为由[1]，否定了要求决斗这种上流社会通行的挽回名誉的方式。"此前一向在卡列宁眼中意义重大的公务活动，现在显得格外重要了。"

离婚呢？根据当时的法律，必须提供妻子出轨的实在证据，这无异于在光天化日下自曝家丑。而且他不愿看着妻子离婚后，顺心如意地与情人结合，他要报复。

分居？那还不跟离婚一样？

---

[1]　他是当时政坛上冉冉升起的一颗明星。

"我不应当不幸，但不管是她还是他，都不应当幸福。"
（3.13）

于是，他决定，维持现状。

三

安娜向丈夫坦白的第二天，出乎意料地发现自己对弗龙斯基产生了敌意，怀疑他不再爱自己，怀疑他已经开始厌倦了，于是她陷入了迷茫之中。

解救她的是儿子。女仆安奴什卡提醒她，谢廖沙在等她喝咖啡。"'谢廖沙？谢廖沙怎么啦？'安娜问，突然兴奋起来，整个上午**第一次**想到了儿子的存在。"安奴什卡说，谢廖沙偷吃了个桃子。"一提起她的儿子，安娜突然从身处的绝望境地中摆脱了出来。她想起了过去几年中，她为自己设定的为儿子而活的母亲角色——虽然这在一定程度上是真诚的，但被**大大地夸大**了。她高兴地感到，在目前身处的困境中，除了同丈夫和弗龙斯基的关系外，还有另外一个独立的支柱。这个支柱就是她的儿子。不管未来会怎样，她不能抛弃儿子。就算丈夫羞辱她，把她赶出去，就算弗龙斯基变得冷淡，继

　　　　　　　　　　　　激情与家庭

续过他独立的生活（她又带着怨恨和责难想起他），她不能抛弃儿子。她有了生活目的，她需要行动，用行动保卫她和儿子的关系，以免他从她身边被夺走。快点，尽可能快点，她得行动，趁他还没被人从她身边夺走。她得带着儿子走。那是她现在需要做的唯一一件事。她需要冷静下来，摆脱这一难堪的处境。想到立刻要采取将儿子和她绑在一起的行动，想到马上要带他走，她平静了下来。"

于是，当安娜见到试图为偷桃子辩解的儿子，她说："这不对，但你以后不会再这样了，对吧？你爱我吗？"于是，她热泪盈眶，心想："他真会和他父亲一起来惩罚我吗？他真会不同情我吗？"（3.15）眼泪抑制不住地流了下来。

对于安娜没有惩罚犯错的谢廖沙，奥文这样评论："（这）是因为明白自己犯了一个更大的错，她更关心的是他爱她，原谅她，而不是她怎么做对他更好。"（Orwin，145）而古斯塔夫逊如是说："在因害怕失去（弗龙斯基的）爱和（卡列宁的）饶恕而产生的怨恨之情中，安娜把儿子变成了爱的战斗中的武器。她不追究儿子偷桃子的过错，原谅了他。她和儿子和解了。"（Gustafson，124—125）

安娜给丈夫写信——她以为卡列宁一定会将她踢出家门，要求带走谢廖沙。她完全没有想过，这种没有任何保障的生活，对儿子而言，意味着什么。

四

就在安娜匆匆收拾行装，准备带着孩子离开时，收到了卡列宁那封让读者无比恶心的信——信里表示，他和安娜的婚姻，是上帝的意志，任何情况下他俩都无权终结，所以他们应当忘掉往事，生活必须一切照旧。

安娜怒不可遏：

"他是对的！他是对的！"她重复说，"自然，他总是对的。他是个基督徒，他宽大！是的，一个卑鄙、邪恶的人！除了我没人了解这点，将来也不会有人了解，而我又不能明白地说出来。他们说他是一个宗教信仰虔诚、有道德、诚实、聪明的人，但他们没看到我所看到的。他们不知道，八年来他怎样扼杀了我的生命，扼杀了我身上一切有活力的东西，他哪怕一次都没想过我是一个需要爱的活的女人。他们不知道，他怎样处处凌辱我，怎样为自己的所作所为洋洋得意。难道我没有努力，难道我没有竭尽全力，为自己的生活寻找意义吗？难道我没有试图去爱他，当再也不可能爱丈夫时，去爱我的儿子吗？但是，时候到了，我明白再不能欺骗自己，我是活生生的，我没错，是上帝造就了需要爱、需要生活的我。"（3.16）

的确，丈夫的决定非常无耻，安娜的愤怒可以理解。不过，对这段独白，古斯塔夫逊这样解读："安娜需要证明自己是受害者。**假定自己永远正确**，她把自己看作是受害者，永远认为自己'正确'的卡列宁的受害者。在她**现在**看来，他不关心她对爱的需要。[……]带着这样的对事实的扭曲，安娜把自我诡辩以确保自身正当性的行为，投射到了卡列宁身上，然后把自己看作这一被投射的永远正确心态的受害者。那么受害者加害（施暴者，指卡列宁）就心安理得了。"（Gustafson，125）

质疑安娜自我编织的无辜形象，有一点非常关键：假定卡列宁真像安娜说的那样卑鄙，那她为何最终仍接受丈夫的安排，同意维持肮脏的现状？

1907年，俄国作家魏烈萨耶夫（V. V. Veresaev）曾有这样的观点："如果安娜把自己纯粹、诚实地交托给这一（爱的）力量，一种新的完整的生活将在她面前展开。但安娜变得惊恐，因猥琐地害怕俗世谴责，担心失去自己的社会地位而惊恐。"（Eikhenbaum，141）似乎有证据支持这一观点：社交界的腐化、堕落，尤其是虚伪，确实影响了安娜。但这是根本原因吗？难道不正因为安娜毕竟不同于被社会彻底腐化的女人，她最终走向了与社交界的决裂吗？诚如纳博科夫指出的："她无法像书中另一个人物贝特茜公爵夫人那样，秘密地进行自己的风流韵事。她本性诚实，热情似火，做不出偷偷摸摸的苟且勾当。"（纳博科夫，147）如果安娜真的在意世俗舆论，那她恰恰会像贝特茜那样，生活得很"幸福"。

决定如何答复丈夫前，安娜去找弗龙斯基商量。"要是听到这消息，他坚决、热情、没有片刻踟蹰地对她说：'抛下一切，我们一起远走高飞！'她会抛下儿子，跟他走。"（3.22）可是，弗龙斯基让她失望了。听说安娜已经跟丈夫摊牌，他的第一反应，不是她所期待的脱口而出的远走高飞的倡议，而是想到了不可避免的决斗。但安娜误解了，她以为弗龙斯基没有立刻提议私奔，是在犹豫值不值得为这场风流韵事付出一切。

于是，安娜又想起了儿子。她说，卡列宁不会将孩子给她，而她绝不会放弃儿子，所以只能接受卡列宁的安排，维

　　　　　　　　　　　　　激情与家庭

持现状。

安娜和弗龙斯基主动选择了接受卡列宁的安排。

安娜是不幸的。在人生的重要关头，她误会了弗龙斯基。不过，小说也明确告诉我们，弗龙斯基的确在事业和安娜间有过犹疑。就在安娜因坦白而面临人生的十字路口时，弗龙斯基同样需要作出艰难的抉择——一个飞黄腾达的老战友，给他提供了一个仕途飞升的机会，代价是放弃安娜。就在安娜告诉他事情已经无可挽回地曝光的那天，他见到安娜前，甚至还想过事业终归比爱情重要。

弗龙斯基的犹疑并不奇怪。基蒂不也犹疑，甚至一度正式拒绝了列文吗？弗龙斯基是个雄心勃勃、前程远大的男人，遇到安娜前，事业是他整个生命的核心。要这样一个男人抛弃理想（他后来的确做到了），却没有任何犹疑，是不是有点不合情理？难道仅仅因为他最初的犹疑，安娜的悲剧就此注定？

第四章
从忏悔到分手

当因死亡临近而被软化的状态过去后，

卡列宁注意到安娜怕他，在他面前很拘束，不敢正视他的眼睛。

好像她想对他说什么，但下不了决心，

又好像她预感到他们的关系不能这样继续下去，

对他期待着什么。

一

安娜遵照丈夫的要求，从赛马场附近的夏季别墅回到了彼得堡家中。

"阿历克赛·亚历克山德罗维奇 [1]，"她看着他说，没有在他盯着她头发的注视中垂下眼睛，"我是一个有罪的女人，我是一个坏女人，但我还是从前的那个女人，和我那会儿告诉你时一模一样，我现在来是要告诉你，我不会有任何改变。"（3.23）

卡列宁的唯一要求，别在家里幽会。

到了冬天，弗龙斯基被安排去接待一位到访的外国亲王，一连七天没能和安娜见面。她给他写信，要求他当天晚上来她家，借口是病了，不能出门（这是谎言）。结果弗龙斯基踏

---

[1] 卡列宁的名字。

进安娜家门时，差点与卡列宁撞了个满怀：

煤气灯直直地照在卡列宁黑色大礼帽下没有血色、消瘦的面孔，和海狸皮大衣领子里露出的耀眼的白领带上。卡列宁浑浊、呆板的眼睛紧盯着弗龙斯基的脸。弗龙斯基鞠了个躬，卡列宁咬咬嘴唇，一只手举到帽檐边，走了过去。弗龙斯基看着他头也不回地坐上马车，从车窗口接过毛毯和望远镜，就看不见了。（4.2）

当弗龙斯基告诉安娜这场相遇时，她恶意地模仿卡列宁的动作。莫森指出：

弗龙斯基表示不明白，为什么卡列宁没要求决斗，因为"他很痛苦，这很明显"。（4.3）卡列宁的痛苦是这样明显，弗龙斯基既不是心理感受敏锐的人，也不同情卡列宁，还是能清楚看到这一点，但安娜轻蔑地回答［……］（他是）一个木偶，一架行政机器，而不是一个人。安娜对卡列宁的非人化到了不能更恶劣的地步，甚至弗龙斯基也说这不公平。（Morson，109—110）

英国学者马尔科姆·琼斯（Malcolm Jones）也评论说："**现在**她不把他看作一个了不起的人，而是一个只想着自吹自擂和体面、没有感情的伪君子。毕竟，从拒绝考虑他人的感受，到否认他有任何情感，只是短短的一步之遥。"（Jones，103）

第二天，卡列宁到安娜房间，粗暴地抢走了弗龙斯基的情书，愤怒地斥责安娜，而她"**第一次**设身处地想到他的感受，觉得他很可怜。想想她花了多长时间和弗龙斯基调情，然后发生关系，学会模仿、嘲弄丈夫，这漫长的过程中她一次也没考虑过他的感受，或者设身处地替他想想。［……］即使现在，她也只在'一闪念间'让自己去体会他的感受。一会儿后，她告诉自己：'不，这样一个眼神迟钝、因自命不凡而无动于衷的人，会有什么感受吗？'（4.4）就像和特罗洛普的小说平行的那一幕，这次从短暂的同情重新转向非人化，也是主动选择的结果"。（Morson，111）

二

家庭遭受重创的同时，卡列宁一片光明的仕途也开始阴云密布。部分原因是政治固有的不确定性，而另一部分原因则是"妻子的不贞让他遭人蔑视"，声誉败坏影响到了仕途。为了挽救摇摇欲坠的前程，"尽管身体越来越糟"，他决定孤注一掷，为了一个关键性的有争议的决策，亲自去边远地区调查少数民族，期待以此获得反败为胜的筹码。（4.6）

就在卡列宁已经从彼得堡启程，中途路过莫斯科时，收到了两封电报。第一封电报宣告了一项新任命，他的主要政敌斯特列莫夫，得到了卡列宁渴望的职位。这意味着，这次调查将是最后的翻盘机会。第二封来自安娜，她因产褥热生命垂危，乞求他回家，在她临死前原谅她。

卡列宁的第一反应，"这是圈套，是诡计"，"为了让孩子有合法身份，为了损害我的名誉，阻止离婚"——和弗龙斯基在家门口相遇后，卡列宁已打定主意要跟安娜离婚。但重读电报时，他动摇了："如果是真的呢？如果她真在痛苦和死亡逼近的时刻真诚地忏悔了，而我把这当作圈套，拒绝回去，这就不仅仅是残酷，不仅每个人都会责备我，对我自己来说也太愚蠢了。"

卡列宁决定返回彼得堡。"要是她装病，那什么也不用说，转身就走。要是她真的病危，希望临死前见他一面，如果他能在她还活着时赶到，就原谅她，如果去晚了，就尽他最后

的义务[1]。一路上他再没去想该怎么做。"（4.17）

安娜真的忏悔了。

在病中，她不停念叨的，只是丈夫，只是丈夫的宽恕。"阿历克赛不会拒绝我。我会忘记，他会原谅……可为什么他还不来呢？他是好人，他自己都不知道他有多好。"她甚至开始体贴卡列宁，让接生婆把女儿抱走，"看到她，他会受伤的"。

安娜继续对接生婆说："你刚才说他不会原谅我，那是因为你不了解他。没人了解他，只有我了解，即便是我，也很不容易才做到这点。[……]谢廖沙吃晚饭了吗？你看，我知道，大家会忘。他（卡列宁）就不会。"

这时，安娜陡然惊觉，丈夫就站在床前。短暂的惶恐后，她开始向丈夫敞开心扉："我还跟原来一样……但我身上有另一个女人，我怕她——她爱上了那个男的，我想要恨你，又忘不了原来的那个女人。我不是她。现在的我是真正的我，完整的我。"（4.17）安娜宣称，故意扭曲丈夫形象的不是她本人，而是附在她身上的另一个爱上了弗龙斯基的女人。莫森

---

[1] 指料理后事。

评论说："安娜明白：卡列宁的确让人难以接近，但接近他的人会发现，尽管有情感表达障碍，他却情感深沉。她一直知道这点。他不是办公机器。"（Morson，111—112）

不过，到底这时候的安娜（要知道，她在病中，发着烧），还是此前彻底否定卡列宁的安娜，才是真实的？到底现在的安娜，还是以前的安娜，是分裂的？

莫森这样回答："当她从产褥热中恢复过来，想回到弗龙斯基身边，再度发现丈夫令人厌恶时，她也没有否认他的善良、感受力和爱的能力。所以不能认为，她在分娩一幕中所说的，是发烧时的昏话。如果那样，当她恢复健康，重新选择了弗龙斯基，她就会又把丈夫看成嗜虐的办公机器。"（Morson，112）

面对妻子突如其来的忏悔，"卡列宁的情绪越来越乱，现在乱到了这样的地步，他索性放弃和它斗争了。他突然觉得，他所认为的情绪混乱，相反是灵魂的一种有福状态，这种状态突然间给予他一种从未体验过的新的幸福。他没有去想终生竭力遵循的要求他宽恕并爱仇敌的基督教规，但爱和宽恕仇敌的欢喜充溢着他的灵魂。他跪下，把头伏在她的臂弯里（隔着晨衣，她的胳膊还像火一样烫着他），像孩子一样哭

　　　　　　　　　　　　　激情与家庭

泣。"（4.17）

莫森指出："'他没有去想……'这一句绝对清楚地表明，原谅不是矫揉造作，而是发自内心。这也显示，变化之所以发生，是因为卡列宁不再压制自己的情感。他并没有刻意去原谅，这样的原谅不可能以刻意的方式获得。"（Morson，186）

得到了丈夫的宽恕，安娜说："记住一点，我要的只是原谅，别的什么都不想要……"事实上，她并不满足。为了让自己的拯救更加彻底，安娜的眼光转向了之前一直被忽视的情人弗龙斯基："过来，过来！把手给他（卡列宁）。"

"弗龙斯基来到床边，看到安娜，又用手捂住脸。'把脸露出来，看着他（卡列宁）。他是个圣人'，她说。'是的，露出来，把你的脸露出来！'她生气地说。'阿历克赛·亚历克山德罗维奇，把他的脸露出来！我要看看。'卡列宁握住弗龙斯基的手，从他的脸上拉开，那脸因痛苦和羞耻显得十分可怖。'把你的手给他。原谅他。'卡列宁把手伸给他，眼中的泪水忍不住奔涌而出。'感谢上帝，感谢上帝，'她开始说，'现在一切都好了。'"（4.17）

三

弗龙斯基开枪自杀，竟然没有打中心脏。

纳博科夫说："开枪自杀的动机可以理解。主要就是自尊受到了伤害。[……]那个时代，一个受侮辱的绅士会挑战侮辱他的人，要求决斗，并非为了杀死对方，而是逼他向自己开枪。弗龙斯基向自己开枪，也是出于同样的原因。把自己毫无退路地暴露在对手的火力之下，可以使自己所受的侮辱一扫而光。"（纳博科夫，177）

纳博科夫没有进一步澄清的是，弗龙斯基遭遇的，不是一般意义上的侮辱，而是被卡列宁的崇高击溃。托尔斯泰明确说："受欺骗的丈夫，以前只是个可怜人，弗龙斯基的幸福的一个偶然而且有些滑稽的障碍，现在突然被**安娜亲自**召唤出来，抬到令人敬畏的高度，而这个丈夫在那高度上，没有恶意，不做作，不可笑，倒是善良、质朴和高尚的。弗龙斯基不能不感觉到这点。"

很大程度上，弗龙斯基遭受的羞辱是安娜造成的。当她生气地命令卡列宁拿开弗龙斯基捂住脸的手时，似乎完全没想过弗龙斯基的感受。

但弗龙斯基认为，此时他才真正认识到了安娜的美丽灵魂："在这个他曾不公正地加以鄙视的人（卡列宁）面前，意识到自己的卑劣，只是他的悲痛的一小部分。他现在感到了一种难以名状的不幸，近来好像渐渐冷却的对安娜的激情，在明白永远失去了她的现在，变得比以往任何时候都强烈了。在她病中，他看到了她的全部，瞥见了她的灵魂，对他来说，好像直到现在才爱上她。现在，当他开始了解她，开始以她应得的方式爱她时，却在她面前受了羞辱，永远失去了她，只留给她一个关于自己的可耻记忆。"（4.18）

经历了这一幕，和卡列宁一样，弗龙斯基的人性得到了升华。

四

安娜忏悔了，但仅仅两个月后，却选择和丈夫分手，重新召回了旧情人弗龙斯基。

小说选择了从卡列宁的角度展开叙述：

在妻子的病榻旁，他有生以来第一次顺从了自己的怜悯心。这种情感是由别人的痛苦引起的，以前他把它看成有害的弱点，一直为抱有这种情绪感到羞愧。[……]他突然发现，原来让他痛苦的东西，现在变成了精神上的快乐源泉。[……]他原谅了妻子，为她的痛苦和悔悟而怜惜她。他原谅了弗龙斯基，怜惜他，特别是听说了他的绝望举动后。他也比以前更加怜惜儿子了，现在他责备自己过去太不关心他了。而对于新出生的小女孩，他更是体验到了一种特别的情感，不仅怜惜，还有慈爱。[1][……]卡列宁内心非常平静、和谐，看不出自己的处境有什么不对，有什么需要改变。

但时间越长，他越来越清楚地看到，不管这种处境在他看来多么自然，都不可能长久保持下去。他觉察到，除了仁慈的引导心灵的精神力量外，还存在一种毫不逊色甚至更为强大的残忍力量在引导他的生活，这种力量不给他想要的谦卑的宁静。他发现大家都用疑惑不解的惊奇目光望着他，不理解他，都在等着看他下一步会怎么做。特别是，他觉察到自己和妻子关系的不稳定和不

---

[1] 在法律上，安娜和弗龙斯基的私生女是卡列宁的女儿。既然安娜已经忏悔，卡列宁准备把她当成亲生女儿抚养。

激情与家庭

自然。（4.19）

　　瓦斯勒克指出，不让卡列宁宁静生活的残忍力量"就是社会的力量"，而"贝特茜是其化身：在贝特茜面前，卡列宁把指节按得啪啪响，僵硬地鞠躬，变得冷漠古板；在贝特茜面前，安娜又开始恨丈夫"。（Wasiolek，145）没错，托尔斯泰明确说过，贝特茜是邪恶社会的化身。摆出一副尊重、赞赏安娜和弗龙斯基的感情的姿态，热心地重新给他们牵线的，是她。日后因为安娜没和弗龙斯基正式结婚，拒绝在公开场合和安娜交往的，还是她。但把安娜最终离开丈夫完全归结于贝特茜或社会的影响，似乎把特立独行的安娜想得过于懦弱，过于平庸了。

　　上面所引的小说的第二段话中，托尔斯泰用了"特别是"，将最后一句话和此前的描述区分开，重点是后者。前面谈的是卑鄙的社会舆论，相较而言，与妻子本人的关系才是让卡列宁困惑、难堪的主要原因。

　　他和妻子的关系，哪里"不自然"呢？"当因死亡临近而被软化的状态过去后，卡列宁注意到安娜怕他，在他面前很拘束，不敢正视他的眼睛。好像她想对他说什么，但下不了决心，又好像她预感到他们的关系不能这样继续下去，对

他期待着什么。"（4.19）

自从在彼得堡的车站教会自己讨厌丈夫的耳朵后，安娜坚持不懈丑化丈夫的努力，已经在自己身上培养出了一种对丈夫的生理性厌恶。当死亡的恐怖释放了曾被死死摁在内心最阴暗的角落、无从发声的负罪感，理智上她无法再欺骗自己，继续将丈夫妖魔化，但情感上，长期形成的生理性厌恶不可能因为一次忏悔立即消失。

安娜从来不会为了他人压制自己的情感，不会委屈自己。即便忏悔，也只是为了自我拯救，所以当时她毫无顾忌地羞辱弗龙斯基。死亡的阴影褪去后，安娜思想的中心依然只是自己。比起自己对卡列宁的厌恶，刚出生的女儿的健康算不了什么，根本引不起她的关注。安娜并没有学会去考虑别人的感受，学会去欣赏卡列宁——像病中她宣称的那样。

这时贝特茜出现了，她带来了弗龙斯基即将远赴中亚的消息。情场失意后，弗龙斯基接受了老战友的安排，即将出任中亚的俄罗斯驻军高级军官，这是得到迅速提拔的终南捷径。走之前，他想见安娜最后一面。贝特茜来，就是为了这事。

安娜义正词严地拒绝了。在这件事上表现出的高尚与自我牺牲，给了自己一个最好的借口，安娜现在有理由释放对

卡列宁的厌恶，"她现在的唯一愿望是——他那可憎的形象在眼前消失"。(4.20)

人，如果只知道追求自我满足，只在意自我感受，而不顾及别人，根本不可能有办法摆脱或缓解，甚至哪怕暂时忘掉对他人（哪怕理智告诉她这是个值得尊敬的好人）的厌恶。恰恰相反，厌恶会不断自我强化，直到吞没心灵。

五

安娜离开了丈夫，和弗龙斯基一起生活——他立即辞去军中的职务，一心一意陪伴安娜。

不得不说，卡列宁表现得极其高尚。莫森这样评论：

> 斯蒂瓦（奥勃隆斯基）代表安娜提出离婚，卡列宁不仅同意，还做出了更大的让步。根据俄国法律，出轨是离婚唯一适用的前提，而出轨的一方没有资格再结婚。卡列宁不仅同意离婚，还愿意承担出轨的罪名，以便安娜能够再婚。换言之，他愿意伤害自己的尊严，去做伪证，这不仅非法，还是对上帝犯下的罪行。对当代读者

来说，罪的概念可能会显得古怪，但对卡列宁来说非常重要。即使没有宗教信仰的人，一般也能理解为什么一个人不愿让自己做伪证。伪证还会使他再也不能结婚了。卡列宁愿意做所有这些，且还不止于此。他甚至同意将最珍视的谢廖沙的抚养权让给安娜。"同意离婚，给她自由，在他看来，意味着夺去自己对生活的最后依恋——心爱的孩子们。"（4.22）通过复数的"孩子们"，作者提醒我们注意卡列宁对被安娜忽视的安妮[1]的爱。[2]安妮在法律上算他的女儿，因此需要他的同意，安娜才能把她留在身边。（Morson，114）

但安娜拒绝离婚。

这是一个长期困扰研究者的难题，直到莫森做出了如下解释：

> 对安娜来说，送上谢廖沙抚养权的离婚，恰恰因为出于真挚的宽恕与爱，必然会建立起卡列宁对她的道德

---

[1] 安娜刚出生不久的女儿。

[2] 安妮"在母亲生病时被丢在一边没人管，要不是卡列宁关心的话一定会死掉"。（4.19）

优势。更让她不安的是，这让她欠他的善意一笔债。……
她告诉弗龙斯基："斯蒂瓦说，他（卡列宁）什么都同
意，但我不能接受**他的** [1] 宽宏大量。"（4.23）接受他的宽
宏大量，就意味着欠他的。她宣称，恰恰因为他的善意
和宽宏大量而恨他。[2] 出于骄傲，她拒绝了他愿意满足她
提出的任何要求的离婚提议。

就因为这种骄傲，就因为不愿因"他的宽宏大量"
欠债，她愿意丢下儿子。如果这样的考虑会让她放弃儿
子，我们就不得不追问，对儿子的幸福，她到底有多在
意？她留下谢廖沙，并不是认为他跟父亲在一起会更好。
如果她觉得谢廖沙和她在一起对孩子更好，肯定会带他
一起走，即便这会让她因卡列宁的宽宏大量而欠债。也
就是说，她在决定带不带上谢廖沙时，完全没有考虑怎
样对他更好，这让我们看到了她残酷的自恋。（Morson，
115—116）

---

[1]　着重标识是莫森原文所加。

[2]　在离开丈夫前，安娜向哥哥奥勃隆斯基敞开了心扉："我恨的就是他的道
德。[……] 我清楚知道他是一个善良的人，一个了不得的人，我抵不上他的一
个小指头，可我还是恨他。我恨的就是他的宽宏大量。"（4.21）

而另一位学者加里·布朗宁（ Gary Browning ）干脆认为，安娜拒绝离婚，"给身边所有人带来了无尽的痛苦"。（ Browning，331 ）

第五章
婚姻是什么

他领悟到，她不但和他很亲近，

而且无法分辨她在什么地方终结，他又在什么地方开始。

……

他感觉如同一个人突然在背后挨了重重一击，

带着怒气回过头来寻找肇事者，想要报复，

却最终确定是自己偶然失手打了自己，不好生任何人的气，

只能忍着，想办法减轻疼痛。

一

　　小说的两条主线，是列文、基蒂和安娜、弗龙斯基这两对恋人的各自遭遇。第一部中，列文被基蒂拒绝，这是他最痛苦的时刻，而基蒂呢，弗龙斯基的背叛让她无地自容。也就是说，小说一开篇，列文和基蒂即双双跌至谷底。而那场让基蒂痛不欲生的舞会，恰恰是安娜和弗龙斯基在小说中最辉煌、最魅力四射的时刻。在小说的开始，两人双双自信而骄傲地站在人生的巅峰。

　　到了第四部结尾，列文和基蒂已经逐渐从谷底走出。列文不再被求婚曾遭拒绝的耻辱所困扰，而基蒂也在成长的过程中明白了什么才是最适合自己的，亲友们的努力让两人重归于好，他们订婚了。而安娜和弗龙斯基，则垂下了高傲的头颅，几经波折，他们终于不用再鬼鬼祟祟，也要开始新生活了。两对恋人站在了同一起跑线上。

　　安娜和弗龙斯基去了浪漫的意大利。

　　小说中先出场的是弗龙斯基，在意大利，他遇到了主动来找他的关系并不融洽的老同学——两人曾互相鄙视，互相看不顺眼。奇妙的是，"现在彼此认出对方时，两人眉开眼笑，高兴得大呼小叫。弗龙斯基从没想到，自己看见高列尼谢夫会这么高兴，大概他没意识到自己（在意大利）有多无聊"。（5.7）

抱得美人归的弗龙斯基——这可是他曾为之自杀的美人，怎么会无聊？托尔斯泰这么解释：

尽管渴望了那么久的事彻底如愿以偿，弗龙斯基并没有感到完全得到了幸福。不久他就觉得愿望的实现给他带来的，不过是所期盼的幸福大山上的一颗小沙粒。愿望的实现向他展示，人将幸福想象成实现愿望的永恒错误。在他和她结合，脱下军装的初期，他充分感受到了以前从来没有体验过的事事自由，特别是爱的自由的美妙滋味，他觉得满足，但这种心态没有维持多久。他很快就觉察到内心滋长出一种渴望，一种百无聊赖的愁思。不由自主地，他开始抓住每一个转瞬即逝、变幻无常的念头，把它当作愿望和目的。他们正在国外过着完全自由的生活，脱离了在彼得堡时消磨时光的社交圈子，一天十六个小时老得费心想法子干点什么。以前游历外国时弗龙斯基曾享受过的独身生活的乐趣，现在想都不能想了，因为仅仅一次那样的尝试，就在安娜心里惹出了意想不到的哀怨，其严重程度与起因完全不相匹配——仅仅是和几个朋友吃顿晚饭，回来迟了。（5.8）

这种百无聊赖情绪的产生，是弗龙斯基浪子本性的暴露，还是正常人性的必然反应？

再看安娜。"获得自由和迅速康复的最初阶段，安娜感到了无可饶恕的幸福，洋溢着生之欢乐。""回想起病后发生的一切——和丈夫的和解，（再度）破裂，弗龙斯基负伤的消息，他的出现，离婚的准备，离开丈夫的家，和儿子分别——这一切就像一场幻梦，醒来后她发现身在国外，和弗龙斯基单独在一起。""不管安娜多么真诚地希望痛苦，她并不痛苦。""即便和爱子分离，**最初**也没有使她感到痛苦。小女孩——弗龙斯基的孩子——是这么惹人喜爱，自从身边只剩下了她，安娜是这么依恋她，因此她几乎没怎么想到儿子。"（5.8）瓦斯勒克一语点破："在意大利，她拥有的是情人而非

儿子，却感到了从未有过的幸福。"（Wasiolek，145）[1]

的确，安娜如此幸福，是因为弗龙斯基：

> 她不能不由衷感激他对她的态度，不能不向他表明，她多么珍视这点。在她看来，他在服务国家上有着如此明朗的前途，本应扮演一个重要角色——他竟为了她，牺牲了壮志，从来没有流露过丝毫的懊悔。他甚至对她比以前更为体贴、尊重，时时刻刻想着不让她感到自己处境的尴尬。他，那么一个堂堂的男子汉，不但从来没违背过她，甚至根本没有自我意志，似乎只关心如何满足她的心愿。对此她不能不心存感激，虽然正是他对她关注的强度，以及包围她的那种关怀备至的气氛，有时反而让她觉得是一种负担。（5.8）

莫森对弗龙斯基的人生信条及其前后变化，有过极富洞察力的评述：

---

[1]　当然，托尔斯泰说得很明白，这只是"最初"的情形。很快，安娜也对意大利的生活产生了厌倦。于是，他们计划回国。小说终于提到，安娜想去彼得堡看儿子。

当他后来告诉安娜自己从不撒谎时，这时他指的是
所有人，包括女人和男人。对此他相当真诚。一开始他
恪守荒唐的准则，但道德观念逐渐成熟。不论弗龙斯基
宣称信奉的是什么原则，他总是加以恪守。[……]当他
弄断了弗鲁－弗鲁[1]的背，他意识到犯了"一个可怕的、
不可饶恕的错误"，"生平第一次，他尝到了最苦涩的厄
运——无法弥补的厄运，自作自受的厄运——的滋味"。
（2.25）弗龙斯基不逃避责任，痛悔的经历让他变得更
好。当然他和安娜关系演进中的种种困难是成长的主要
催化剂。纵观整部小说，他始终保留了荣誉感。但什么
是荣誉所要求的必须承担的义务，他的理解发生了变化。
[……]弗龙斯基最终不得不在重视的事业和安娜间做出
选择。在犹豫的时候，他对自己及自己的价值观进行了
反省。到他招待那个看上去像新鲜饱满的黄瓜的外国亲
王时，弗龙斯基发现客人对娱乐的肤浅爱好让他不安，
而这正是因为"他禁不住在他身上看到自己"。"没脑子
的肉牛！我真的也像这样吗？"弗龙斯基问自己。（4.1）
答案是，他的确曾是这样的，但正因为他能向自己提出

---

[1] 弗龙斯基在那场事故中骑的赛马。

这一问题，他不再是这样了。(Morson，98—99)

可以确定，弗龙斯基不再是个浪子，他成熟了。那为什么还会无聊？

百无聊赖之中，弗龙斯基拿起了画笔。虽然安娜和高列尼谢夫一度认为，他拥有绘画的卓越天赋，自己也颇有些自鸣得意，但遇到一个漂泊异乡的俄国画家，一个真正的艺术家后，弗龙斯基很快就清醒了。放弃绘画后，再没什么能激起他和安娜继续待在意大利的兴致。

这片浪漫的土地，没能让这对历经苦难才走到一起的有情人陶醉在自由空气的甜蜜中。在意大利，自由的安娜和弗龙斯基能够尽情拥抱激情。可当生活中只剩下赤裸裸的激情，随之而来的是悄悄滋长的百无聊赖的空虚——激情就是这样一个古怪精灵！对安娜、弗龙斯基而言，意大利意味着生命中不可承受之轻。

他们回国了。

二

　　与安娜和弗龙斯基的意大利之旅同时，列文和基蒂也开始了乡间的婚后新生活。

　　小说一开始就清楚交代了列文的婚姻观："他不仅无法抛开婚姻设想爱情，而且首先想到的是家庭，其次才是能给予他家庭的女性。因此他的婚姻观念和大多数熟人不同，对他们来说，婚姻只是生活中许多该干的事情中的一件，而对列文来说，这是决定终身幸福的头等大事。"（1.27）

　　基蒂呢？"当列文把奥勃隆斯基劝他们（结婚后）出国（度蜜月）的建议告诉基蒂时，她并不赞成，关于他们的未来生活她有自己的一些特定理念，这让他大为吃惊。她知道列文在乡下有爱好的工作。他看得出来，她不但不理解这种工作，而且也不想去理解。可是这并不妨碍她把这工作看得非常重要。她知道他们的家会安在乡下，她不想（在教堂举行婚礼后）到将来不会在那儿生活的国外去，而要去安家的地方。这一表现得很坚决的意愿让列文感到吃惊。"（5.1）

　　结婚快三个月了——描写安娜和弗龙斯基的意大利生活时，托尔斯泰也说他们已经在欧洲旅游了三个月——列文

"觉得幸福，但完全不像他曾期盼的那样"。这似乎与弗龙斯基的感受相似。不同的是，"生活的每一步，都让以前的梦想破灭，让他发现新的意想不到的魅力"。"每一步，他都体会到这样一种心情，如同一个在欣赏一只在湖面上平稳、幸福地前行的小船儿的人，现在真的坐进了那条船。他发现：仅仅平衡好身子，保持不摇晃，是不够的；还得动脑筋，一刻也不能忘记要划向哪里；脚下是水，人得划桨，不习惯划的手会疼；只是看着容易，可是做起来的时候，虽说非常愉快，却挺难啊。"

在笔者看来，这是全书最重要的一章，请允许我大篇幅引用：

　　单身的时候，看着人家夫妻过日子，看着琐碎的操心、吵架、吃醋，有时他会轻蔑地暗笑。他确信在自己未来的夫妻生活中，不仅绝不会有这类事，而且在所有事情上，都会表现得与其他人完全不同。可突然之间，出乎意料，他和妻子的生活不但没有任何独特之处，而且恰恰相反，完全由他以前那么轻视的这些琐碎小事构成，这些事现在违背他的意愿，具有了异乎寻常的、无可争辩的重要性。列文看到，要把所有这些琐事安排好，

　　　　　　　　　　激情与家庭

绝不像以前想象的那么容易。虽然在列文看来，没有比自己的家庭生活观更准确、更细致的了，但他也同所有男人一样，不自觉地只把家庭生活想象成享受爱情，任何东西都不能妨碍这点，不能为琐碎的操心事分心。[1]在他设想中，他做好分内的工作，然后在爱的幸福中得到休息。她就等着被宠爱，再没有别的了。但同所有男人一样，他忘了她也需要工作。他很惊讶，她，这个富有诗意、优雅美丽的基蒂，怎么在婚后的头几个星期，甚至头几天，就能想到、记住、操心桌布呀、家具呀、客房床垫呀、托盘呀、厨师呀、正餐呀等等。还在订婚期间，她拒绝到国外度蜜月、决心去乡下时的那种坚定，好像意识到什么至关重要的事，除了爱情，居然还能想到别的事，就让他感到惊异。那时他就有些受伤，而现在她为琐事操心、忙碌，也好几次让他不快。但他看出来，她需要这个。尽管他不理解为什么她要做所有这些，尽管他嘲笑这些操劳，但因为他是那么爱她，又不禁欣赏起这些事来。他嘲笑她怎样设计摆放从莫斯科运来的家具，怎样重新收拾他和她的房间，怎样挂窗帘，怎样

[1] 在意大利，安娜和弗龙斯基的确过上了这样的生活，只享受爱情，不为琐碎的操心事分心。

给未来像多莉这样的客人和为多莉本人预备客房，怎样给新使女安排房间，怎样交代老厨师准备正餐，怎样因接管伙食和阿卡芙娅·米哈伊洛芙娜[1]争吵。他看见老厨师微笑着欣赏她，听着她并不高明也行不通的指示；他看见阿卡芙娅·米哈伊洛芙娜对年轻主妇在储藏室中的新指示，关切而善意地摇头；他看见基蒂又哭又笑地来向他诉说，使女玛莎还习惯性地把她当姑娘，这样就没人会听她的了，他觉得特别可爱。他觉得这可爱，但怪怪的，他想，如果不这样就更好了。

他不明白她在经历什么样的变化。在娘家她有时想吃格瓦斯泡白菜，想吃糖果，可两样都得不到，而现在她想吃什么就有什么，可以买一大堆糖果，想花多少钱就花多少，想要什么点心就能得到什么。

她现在满怀喜悦地盼着多莉带小孩子们来，特别是因为她可以吩咐给每个孩子准备各自爱吃的点心，而多莉也会欣赏家里的全套新安排。她自己也不知道为什么，家务对她有一种不可抗拒的吸引力。[……]

基蒂这种平凡的操心，和列文最初关于崇高幸福的

---

[1] 列文的女管家，一个为列文家奉献了一生的老太太。

理想完全相反，是他感到失望的地方之一；而这种可爱的操心，虽然他不明白它的意义，却也不能不喜欢它，这又是婚后生活新的魅力之一。

另一种失望和魅力是吵架。列文从来没有想过，他和妻子间除了相亲、相敬和相爱之外，还会有别的什么。可突然间，婚后没两天，他们就吵起来了，吵得这么厉害，以至于她告诉他，他并不爱她，只爱自己，开始哭起来，挥动两只手臂。

这第一次吵架起因于列文去了新农庄，想抄近道回家，迷了路，结果到家晚了半个小时。[1] 骑马回家的路上，他只顾想着她，想着她的爱，想着自己的幸福，离家越近，柔情在胸中燃烧得越激烈。抱着和到基蒂家求婚时一样的，甚至更强烈的感情，他冲进房间。完全出乎意料，迎接他的是从不曾在她脸上见过的阴郁表情。他想要吻她，但她把他推开了。

"怎么回事？"

"你是快活了。"她开口了，带着努力装出镇定的怨毒语气。

---

[1] 如上所述，弗龙斯基和安娜的第一次吵架，也是因为他回来晚了。

但刚一张嘴，责备和莫名其妙的醋意，一动不动坐在窗前的那半个小时里折磨她的一切，都脱口而出。到这个时候，他才第一次清楚明白了婚礼后领着她走出教堂时还不明白的事。他领悟到，她不但和他很亲近，而且无法分辨她在什么地方终结，他又在什么地方开始。这一点，是他从那一刻体验到的疼痛难忍的分裂感中悟到的。一开始的刹那间他想发火，但一转念，觉得不能因她发火，她就是他自己。就在这最初的一分钟，他感觉如同一个人突然在背后挨了重重一击，带着怒气回过头来寻找肇事者，想要报复，却最终确定是自己偶然失手打了自己，不好生任何人的气，只能忍着，想办法减轻疼痛。

　　以后他再没有这么强烈地感受过这种心情，但这第一次，他久久不能恢复平静。很自然地，他想要为自己辩护，去证明是她错了；但证明她错了就等于进一步刺激她，等于让裂痕继续扩大，而这裂痕是她所有悲伤的根源。一种习惯性的情绪想要他否认自己有错，把错推到她身上；而另一种更强烈的情绪却要他迅速抚平裂痕，越快越好，不让它再扩大。忍受不公平的指责极为痛苦，但为自己辩护，从而使她痛苦，甚至更糟。他像一个半睡半醒中感到疼痛的人，想把痛处挖出，扔掉，可清醒后他意识到，那痛处就是他自己。除了努力想办法忍痛以外，没有别的可做，他就努力这么做。（5.14）

恋爱是激情，但婚姻无法靠激情维系。婚姻意味着种种毫不浪漫的日常琐事，意味着宽容、体谅与退让，意味着承担。

那么，婚姻是围城，是对爱的背叛吗？如果爱只有一种，只是激情，我们的确可以说，婚姻是背叛。但爱真的只是激情吗？夫妻间除了激情，就没有另一种形式的爱了吗？

中国有句老话，夫妻没有隔夜仇。为什么？因为夫妻是亲人，亲人间会吵架，这免不了，但转头就好，不会产生敌意，不会留下阴影。这就是亲情。

激情来源于神秘的、来无影去无踪的感觉，而亲情则要牢固得多。就在琐碎的日常生活中，就在不断地吵架、和好中，夫妻间有了血肉相连的亲情：

他们和好了。认识到自己的过错，但没说出来，她对他更温柔了，他体验到了一种新的加倍的爱的幸福。但这没能阻止口角再次发生，甚至因为最意想不到、最细小的理由，特别频繁地发生。这些口角常常是因为他们还不了解对于对方什么是重要的，还因为结婚初期两人都经常心情不好。如果一个心情好，另一个心情不好，就不会有冲突，可碰巧两人心情都不好，就会在细小到不可思议的问题上发生口角，以致过后他们怎么也想不起来为什么吵架。不错，两人都心情愉快时，生活的乐趣倍增。尽管如此，结婚初期对他们来说，是一段难挨的日子。

整个最初阶段，他们的关系特别紧张，好像有条链子把他们系在一起，任何一头的猝然一动都会带来全体的震荡。总之，蜜月——也就是婚后的第一个月，根据传统，列文对这一个月抱着如此大的期望——不但不甜蜜，而且给两人都留下了生命中最艰难、最屈辱的记忆。在以后的生活中，两人都同样努力把这段不健康的时期中所有丑恶、可耻的事从记忆中抹去——这段时期里，两人都很少有好心情，都不大正常。

直到婚后第三个月，在莫斯科住了一个月回家后，他们的生活才变得和谐些了。（5.14）

婚姻生活需要磨合。在不断相互体谅、不断加深理解中，恋爱时的激情变成了更持久、更耐人寻味的亲情。人的情感，很大程度上来源于共同的生活经历，来源于同甘共苦。时间是个绝不应被忽视的要素。

三

对新婚夫妇的真正考验到来了。列文的哥哥尼古拉不幸走上了歧路，一直在社会底层厮混。这时，列文收到封信，说哥哥在从外省回莫斯科的路上病危，他得赶过去，而基蒂执意要陪列文一起去。这对当时的上流社会女性来说，简直不可想象，"天知道这是到什么地方去，要走什么样的路，住什么样的旅馆"，更何况，尼古拉身边照顾他的，是妓院出来的玛丽娅。

从小锦衣玉食、在富贵温柔乡中长大的基蒂，完全清楚此行意味着什么。尽管列文激烈反对，她毫不动摇，极其坚决。因为，她觉得："丈夫遭遇不幸，陪在他身边是我的责任。"（5.16）

在那家脏兮兮的旅馆，在列文无法遏制想逃离的从肉体到灵魂都在散发垂死气息的哥哥的床前，基蒂的表现令人惊讶：

一见病人，她就怜悯起他来，在她那女人的心肠中，这种怜悯并没有像在丈夫心中那样，带来恐惧和恶心，而恰恰唤起了这样的认识：必须行动起来，弄清楚病人的所有具体情况，帮助他。正因为她丝毫没有怀疑应当帮他，她也没有怀疑自己能够帮他，于是立刻动手干起来。正是那些一想到就让丈夫恐惧的细节，立刻引起了她的注意。她派人去请医生，到药房去，指挥带来的使女和玛丽娅扫地、抹灰尘和洗东西，还亲手洗洗涮涮，并在尼古拉的褥子下垫了东西。按她的吩咐，从病人的房间搬走了些东西，又搬进来一些。她好几次亲自回到自己的房间，去找被单、枕套、毛巾和衬衫，把它们拿来，毫不在意路过门厅时遇到的那些绅士。[⋯⋯]

　　列文现在发现病人已裹好，周围的一切全变了。浓烈的臭气换成了醋的芬芳气味，那醋是基蒂噘着嘴，鼓起玫瑰色的腮帮，用一支小管子吹着喷洒的。任何地方都找不到一点灰尘，床边铺着条地毯。桌上整齐地摆着药瓶和水瓶，叠好备用的衬衣，和基蒂的英式刺绣。病人床边另一张桌上摆着喝的东西、一根蜡烛和药粉。病人自己也洗了脸，梳好头发，穿着干净的衬衫，白领子包着瘦得不像样子的脖子，枕着高高的枕头躺在干净的

床单上，露出有希望的新神情。［……］

"现在把我翻到左边，就去睡吧。"他说。

谁也没明白他在说什么，只有基蒂一个人听懂了。她懂是因为她一直在留神观察他需要什么。（5.18）

和妻子相比，列文不仅觉得完全无能为力，而且手足无措，在左右为难中煎熬。"谈点别的什么事吧，他觉得是对病人的冒犯，办不到；谈死，谈阴郁的事，也办不到；什么都不说，还是办不到。'看着他，怕他认为我在琢磨他；不看他，他会以为我在想别的事。踮着脚尖走，他会不高兴；放开步子走吧，我又觉得愧疚。'"

"而基蒂显然没有想到自己，而且也没有时间去想自己；她在想着病人［……］她表现得那么机敏，好似一个男人在战斗或拼搏前夕，处于生命中危险的紧要关头时那样快速反应——在这些时刻，一个男人彻底大显身手，证明他的整个过去时光没有虚度，而是在为这些时刻做准备。"（5.19）

学者休·麦克莱恩（Hugh McLean）注意到，"托尔斯泰在关于玛丽娅以及列文对她的态度的描述上，小心翼翼避免留下任何贵族的或道德的自我优越感"，但另一方面，"（尼古拉）临终前那一幕，是基蒂而非玛丽娅，令人印象如此深刻地展现出女性神奇的病房技艺"。（McLean，34）为什么？根深蒂固的偏见按捺不住，终于夺路而出？

另一位研究者马克·康里夫（Mark Conliffe）认为，这是托尔斯泰有意为之：

> 为什么她（玛丽娅）帮不上忙？她害怕什么？为什么托尔斯泰没有选择让她像基蒂那样照顾尼古拉？我们觉察到她缺乏经验，而正是经验帮助基蒂更好地照顾病人，[1]但难道没有可能托尔斯泰是借此发表对美好婚姻的看法——基蒂和列文建立在积极的爱情（与激情之爱相对）的基础上的美好婚姻让她成熟，使她有能力在照顾别人时不会让任何人失望吗？［……］玛丽娅没有经历过这样美好的爱情和这种体贴别人的方式，所以她也就没有体验过必然与之相伴的种种付出。仅仅结婚本身并非改变基蒂的魔棒，在托尔斯泰看来，她的"美好"婚姻建立在她对列文的爱的付出以及两人合二为一之上，这使她成熟，赋予她体贴尼古拉和列文的能力。大概不

---

[1]　指基蒂在德国温泉疗养地苏登的经历，详参附录一第三节。

是巧合，就在列文读到玛丽娅告诉他尼古拉状况的那封信前，他在妻子与家仆阿卡芙娅·米哈伊洛芙娜的接触中看到，"尽管因为新主妇从她手里拿走了家务的主导权，阿卡芙娅·米哈伊洛芙娜很难过，但基蒂还是征服了她，使她爱上她了"。（5.16）这里，托尔斯泰是在强调基蒂的办事能力，说服别人按照自己觉得妥当的方式去做事的才能，还有妻子与庄园女主人这一角色的塑造。在美好的爱的婚姻的培育过程中，她将列文的生活变成了自己的生活，和阿卡芙娅·米哈伊洛芙娜这一幕在几个不同层次上是后面围绕尼古拉发生的场景的序曲。在苏登，尼古拉和玛丽娅让基蒂感觉"极不舒服"，"因为他是列文的哥哥"（2.30），[1] 而现在，她全身心投入了列文对哥哥的爱。玛丽娅可能也想同样对待基蒂，但她害怕尼古拉的死，没法将尼古拉的生活变成自己的，因而老是尴尴尬尬，无法获得爱与体贴的体验。（Conliffe，33）

玛丽娅不能与尼古拉合二为一，安娜和弗龙斯基呢?

---

[1] 那场安娜光彩夺目的舞会后，基蒂病了，百般医治无效，父母带她出国去苏登疗养。在那儿，她曾遇到尼古拉和玛丽娅。尼古拉使她想起了列文的求婚和她的拒绝，这让她很不愉快。

第六章
多莉去看安娜

谈话的时候，多莉一心一意怜悯安娜，

但现在她怎么都没办法让自己再去想安娜的事。

家和孩子们的回忆，带着一种从未体验过的特殊魅力，

一种新的光芒，浮现在脑海里。

现在看来，她的这个世界是那么珍贵，那么可爱，

她不愿在外面哪怕多待一天，无论如何明天一定得走。

一

照顾尼古拉时，基蒂病了。后来医生发现，她实际上是怀孕了。在列文夫妇为迎接即将出生的孩子做准备时，回到彼得堡的安娜也在计划去看儿子。不过，托尔斯泰选择先向我们展示卡列宁当时的处境。

卡列宁"发现自己孤单一人，受到所有人的嘲笑、鄙视，尊严丧尽，谁也不需要他"。"因为意识到自己在悲痛中完全孤独，绝望更深了。不但在彼得堡，他找不出一个可以交心的人，一个会同情他，不是因为他的地位或把他当社会名流，而仅仅把他当作一个痛苦的人那样来同情的人；在任何地方，他都找不出这么一个人来。"

他是孤儿，由很有权势的叔叔抚养长大。在叔叔的卵翼下，他很早就步入政界，献身于公共事业，连一个亲密的私人朋友也没有。在地方做省长的时候，"安娜的姑母，当地一个有钱的贵妇人，介绍虽已不再年轻但作为省长又还算年轻的他认识了她的侄女——并设法让他陷入了要么求婚要么离开这个地方的窘境。卡列宁犹豫了很久。赞成这桩婚事的理由恰好和反对的理由一样多，而当时并没有什么决定性的因素逼迫他放弃一贯的处事原则：遇到疑难问题，不贸然行事。但安娜的姑母通过一个熟人向他暗示，他已经影响了姑娘的名声，如果有荣誉感，就应当求婚。他求了婚，把自己所能有的全部感情通通倾注在当时的未婚妻和后来的妻子身上。在他心中，对安娜的迷恋彻底排除了任何残存的寻求知己的需要。现在，在所有熟人中，他没有一个亲密朋友"。（5.21）

也就是说，尽管安娜美艳动人，但他们的婚姻，是安娜的姑妈设下的圈套。自始至终，卡列宁没有任何对不起安娜的地方。他为自己最初的不谨慎，承担了全部责任。

最后，他甚至牺牲了自己的事业。"几乎就在妻子离开卡列宁的同时，他遭遇了官场中人最痛心疾首的事——升迁的路断了。[……] 不管是因为他和斯特列莫夫的冲突，还是因为妻子带给他的不幸，或只是因为卡列宁已经达到了命定的极限，总之，今年大家都看得明明白白，他的前程已经完结了。"（5.24）

托尔斯泰列举了三个可能原因。而前两个原因，实际上就是一个。细心的读者应该还记得，安娜临盆之时，因为中了斯特列莫夫设下的圈套，卡列宁的职业生涯岌岌可危，他不得已绝地反击，出人意料地要亲自去外省调研。这也许是挽回败局的唯一机会了。但就在离开莫斯科前夕，他被安娜的电报召回了彼得堡。这意味着，他放弃了拯救自己的最后机会。

　　在卡列宁如此不幸的境地中，作为他的拯救者，莉吉娅·伊凡诺芙娜伯爵夫人出现了。卡列宁并不喜欢莉吉娅。她不正常，不能说坏，但心态扭曲，和基蒂在苏登遇到的斯塔尔夫人[1]是一路货色。可"在他最艰难的孤独绝望的时刻"，没有人关心他，只有她主动来到他身边，鼓励他："您不能向不幸投降。您确实太不幸了，但您一定要想办法安慰自己。"尽管在卡列宁看来，伯爵夫人信奉的异端思想不大对头，"有些过了"，"但此时此刻，听起来却很悦耳"。

　　他终于向莉吉娅敞开了心扉："人的力量是有限度的，伯爵夫人，我已经到达了我的极限。[……]我受不了儿子望着我的目光。他并没有问我，这到底是怎么回事，但看得出来他想问，我受不了那种目光。他怕看我，但这还不算……"

　　莉吉娅安慰他，并"抬起眼睛，仰望天空"，开始默默为

---

[1]　详见附录一第三节。

他祷告。托尔斯泰再三强调，卡列宁原本对伯爵夫人及其信仰没有好感："卡列宁现在听着她的话，这些以前即使不觉得讨厌，至少也觉得有些过了的说辞，如今显得自然而暖人心窝。卡列宁不喜欢这种新出现的狂热精神。[……]对新教义和醉心新教义的莉吉娅，他以前采取了一种冷淡甚至敌视的态度，他从不和她争论，只是极力默默地避开她的挑战。现在，他第一次觉得她的话听着很舒服，内心没有反感。"（5.22）

就这样，卡列宁在伯爵夫人的诱惑下，迷恋上了一个荒唐的邪教，将其作为自己生命的全部意义——这和列文的哥哥尼古拉的堕落一样，展现的是可怕的腐朽社会，如何扼杀善良的人。

卡列宁的遭遇，还让我们想起托尔斯泰的另一部巨著《战争与和平》的主人公皮埃尔，他也一度被邪教俘获。这同样是因为，当时的社会不能给这些真心寻求引领的人提供真正的帮助。

二

莉吉娅信奉基督，却毫无仁慈之心，甚至干出了落井下石的卑鄙行径。

众人皆知，卡列宁现在对莉吉娅言听计从，她掌管着他所有家庭事务。于是想见儿子的安娜给她而不是丈夫写了封信。在信里，安娜声称对自己给卡列宁带来的巨大伤害深深愧疚。也正因为愧疚，她意识到，主动联系丈夫，让他知道自己回到了彼得堡，要见儿子，等于又一次残忍地揭开丈夫的疮疤——虽然她确信，仁慈、宽宏大量的丈夫一定会同意她的要求。所以，安娜希望"心中充满了基督徒情感"的莉吉娅能够安排一次她和儿子的秘密会面。（5.23）

安娜的提议被拒绝了。

伯爵夫人暴露了阴暗心理——她不是个有魅力的女人，为此必须惩罚安娜。而安娜被拒绝后，恼羞成怒，不再顾及可能会碰上丈夫——而他们也确实迎头相撞，不再顾及这样做会对卡列宁带来多大的伤害，径直闯入丈夫家中，去见儿子。

安娜早就不爱丈夫了，剩下的只有厌恶。她不考虑卡列宁的感受，可以理解。但她同样从来没想过，自己贸然去见儿子，会给儿子带来什么影响。事前如此，事后还是如此。"不管安娜多么强烈地渴望与儿子见面，不管她已思考了多久，准备了多久，她都没有料到，这次见面会对自己产生如此强烈的影响。回到旅馆里寂寞的套房，好久她都没能明白，自己为什么在这儿。'是的，完了，我又孤单单一个人了。'"（5.31）她没有想到，这次会面让谢廖沙生了场病。[1]

安娜抛弃一切顾虑，一往无前地去见儿子，纯粹是出于对谢廖沙的爱与思念吗？英国研究者琼斯不这么认为："她不顾一切去见谢廖沙，正是她和弗龙斯基关系恶化的征兆。"（Jones，104）换句话说，是安娜的不安全感（她始终无法让自己确信，弗龙斯基会永远爱她），让她再次把目光投向了想象中的这一生活支柱。

回到彼得堡，除了看儿子遭遇挫折，安娜还面临一个更大的尴尬。离开了丈夫，但又没离婚，所以她不能和弗龙斯基正式结婚。没有合法身份，她被社交界（以昔日的密友贝特茜为代表）拒之门外。彼得堡上流社会的拒绝，无疑会触动她内心深藏的被弗龙斯基抛弃的恐惧。这种情况下，儿子

---

[1] 一个真正爱儿子的母亲，类似情况会怎么做？笔者推荐一篇至情至性的文章：何龄修，《母亲悲惨而短促的人生与我的迟到的悔悟》，《南方周末》2017年5月12日，收入《五库斋忆旧》，广东人民出版社，2018年，第26—45页。

又一次成了救命稻草。[1]

她偷偷摸摸去见谢廖沙，最终又不得不为了避免和丈夫见面匆匆离去——但仍没躲过和卡列宁的尴尬相遇，她的不安感不仅没有缓解，反而加重了。于是，安娜又想出了决绝而极富挑衅意味的一招（这回她没有顾及的是弗龙斯基的感受，没有顾及这会给她的爱人带来多大的伤害），主动出现在一个重要的社交场合，单枪匹马挑战社交界。

结果自取其辱。被一个龌龊的所谓贵妇人羞辱后，安娜回到旅馆，和弗龙斯基吵了一架。第二天，他们和好了，离开彼得堡，前往弗龙斯基在乡间的庄园。

三

尽管社交界对安娜关上了大门，多莉对这位曾挽救了她

---

[1] 与安娜对儿子的态度相对应，托尔斯泰明确告诉我们，儿子的教育是卡列宁在"公务之外唯一感兴趣的问题"。"当卡列宁在莉吉娅的帮助下，重新回到生活和事务中时，他感到安排好留给他的儿子的教育是他的责任。以前从来没有研究过教育问题的卡列宁，花了相当的时间来学习这一领域的理论。读了一些人类学、教育学、教学法的书籍后，卡列宁拟了一个教育计划，请了彼得堡最优秀的教育家做指导，就着手工作起来。这项工作一直牵挂着他的心。"（5.24）无可否认，在不少方面，卡列宁是个糟糕的父亲。但他糟糕不是因为不上心，而是见识所限。

的婚姻的小姑子依然抱有最诚挚的友情和感激之情。这年夏天，她带着孩子们在妹妹基蒂的庄园避暑，距离弗龙斯基的庄园不算太远，她专程去看安娜。

"在家里，所有的精力都用来照顾孩子们，根本没时间思考。所以现在，在这要花四个小时的路上，以前被压下的千头万绪突然都涌上了心头，她从各个不同角度回顾自己的全部生活，这是从来没有过的事。"一开始她担心留在列文家的孩子们。渐渐地，思绪转向了将来。

"还好我现在自己教格里沙，但很显然，这只是因为现在没有牵累，没有分娩。斯蒂瓦自然什么都指望不上，在好心人的帮助下，我会把他们培养成人，但万一又要生一个呢……"她突然觉得，生孩子的痛苦是加在女人身上的诅咒这句话，有多么不对。"分娩没什么，但怀孕——让人极其痛苦。"

"总之，"她想，回顾起整个十五年的婚姻生活，"怀孕，呕吐，头脑迟钝，对什么都不起劲，最糟的是，变丑了。连基蒂，年轻漂亮的基蒂，也不好看了。而我，怀孕的时候，知道自己变丑了。分娩，痛苦，难以忍受的痛苦，最后那一刻……接着就是哺乳，整宿整宿不能睡，可怕的疼痛……"

几乎每一个孩子都让多莉害过奶疮，一想到受的那份罪，她就会哆嗦。"然后就是孩子生病，没完没了的担心；然后是抚养他们长大，那些可恶的坏毛病，那些课程，拉丁语……所有这些都不知是怎么回事，都是那么难。最可怕的，是孩子的夭折。"那个害喉炎死去的最小的男宝宝的惨痛记忆，永远压在母亲的心头，此时又一次在眼前浮现：那场葬礼，小小的粉红色棺材前大家普遍表现出来的无动于衷，装饰着金边十字架的粉红色棺材盖合上的那一瞬间，看见棺材里他那带着小鬈发的苍白的小额头和张着的露出惊异神情的小嘴，她感到撕心裂肺的痛楚。

"这一切，究竟是为什么？这一切，究竟会有什么结果？结果只是，我没有片刻安宁，我的整个生活，要么怀孕，要么哺乳，总在生气、发牢骚，折磨自己，也折磨别人，让丈夫讨厌。而孩子们呢，长大后也只会不幸，缺乏教养，一无所有。就是现在，如果不是到列文家过夏天，我都不知道怎么才能对付过去。当然，列文和基蒂那么体贴，我们一点也不觉得是在接受帮助，但不能老这样下去。他们会有儿女，就帮不了我们了；即使现在，他们手头也不宽裕。而爸爸，几乎没给自己留下一点财产，[1] 又怎么能帮得上忙呢？我自己没有能力把孩子们养大，除非卑躬屈膝求别人帮忙。嗯，就往好里想吧：孩子们都平平安安，好歹把他们抚养长大了。最好最好，充其量也不过不是坏蛋罢了。我能指望的不过如此。就这样，还得吃多少苦头，花多少心血……我这一辈子已经完了！"

就在这时，她遇到了一群开心的农妇，她们"好奇地打量马车。在多莉看来，所有这些转过来看她的面孔，都健康、快乐，都在用生命的愉悦嘲笑她"。

"他们都在生活，都在享受生命。[……] 而我，就像刚从监狱里放出来，从一个用种种操心让我窒息的世界里出来，直到现在才清醒过来。他们都在生活——这些妇人，我妹妹娜塔莉娅[2]，瓦莲卡[3]，我正要去看的安娜——所有人，除了我！"

---

[1] 全分给三个女儿做嫁妆了。

[2] 三姐妹中的老二，基蒂最小。

[3] 这时瓦莲卡也在基蒂家消夏。

"他们还攻击安娜。凭什么？难道我比她好吗，哪怕就一点点？至少我还有一个我爱的丈夫。并不像我希望的那样爱他，但还是爱他的；但安娜并不爱她丈夫。她有什么错？她想要生活。是上帝赋予我们心灵这种需要。很可能我也会做出一模一样的事。那段可怕的日子里她来莫斯科看我，我听了她的话，到今天我都没弄明白，当时做得对不对。也许那时我该离开丈夫，重新开始生活。我可能会真正爱上一个人，也会真正为人所爱。现在这样难道更好吗？我并不尊敬他。我需要他，容忍了他。[1]这样难道更好吗？那时我还漂亮，还有魅力。"

　　[……] 即使现在也不算太晚，她想到了对她特别亲切的谢尔盖，还有那个爱上了她的善良的图罗夫金，奥勃隆斯基的朋友，孩子们害猩红热时曾帮她照顾他们，还有一个相当年轻的家伙，丈夫曾当作玩笑告诉她，那家伙说她是三姐妹中最美的。多莉在脑海里描绘着最有激情、最想入非非的风流韵事的画面。"安娜做得很对，我一丁点儿也不会责备她。她是幸福的，也让另一个人幸福，不像我被压垮了。她现在很可能完全和以前一样，

---

[1] 在出轨暴露、与妻子重新和好后，风流的奥勃隆斯基秉性不改，但多莉不再愤慨，而是听之任之了。

娇艳、聪明，以开放的心态对待所有事。"多莉想。特别是因为想到安娜的风流韵事时，她同时给自己想象了一段几乎一模一样的故事，想到那个想象中爱上她的集种种优点于一身的男子，顽皮的咧嘴微笑让嘴唇起了褶皱。像安娜那样，她向丈夫坦白了一切。奥勃隆斯基听到后的震惊和惶惑让她微笑了。（6.16）

与多莉形成强烈对比的，是快抵达终点时，她遇到的正外出骑马兜风、艳光四射的安娜！

的的确确，女人为家庭付出了太多太多。不仅仅是多莉这样受丈夫不贞和经济窘困[1]双重摧残的女子，容颜早衰，即便是幸福家庭的主妇，也逃脱不了这一命运。托尔斯泰没有告诉我们，到了多莉这样的年纪，曾经娇嫩苗条、楚楚动人的基蒂会是什么样子。这是因为，他已经在《战争与和平》中，对结婚七年、生了四个孩子的女主人公娜塔莎做了详细描述。

---

[1]　经济窘困是丈夫挥霍导致的。

四

一见面，还在路上，安娜就迫不及待地问："你怎么看我现在的处境？怎么想？"多莉本想倾诉自己一路上的想法，但"觉得在马车上开始长谈有些尴尬，就简短地表达了看法"。到了弗龙斯基的庄园，还没安顿好，安娜又说："你还没告诉我怎么想的，我什么都想知道。"但因为自己要去换衣服，她补充说："话说起来就长了，我们回头再谈。"（6.18）莫森这样评论："安娜迅速抛出了期待多莉回答的问题。［……］很典型，安娜完全从自己而非客人的角度看待这次到访。"（Morson，45—46）

安娜生活的奢华让多莉吃惊。为了让多莉住得离自己近点，她向多莉道歉，说房间太简陋了，但"就是这个安娜不得不为之致歉的房间，也极其豪华，多莉从来没有住过这样的房间，这让她想起国外最好的旅馆"。

周围的一切都很时尚、井井有条和有富贵气象。"那个派来供她使唤的侍女，从发髻到服装都比多莉更时尚，也像房里的其他一切那样崭新而昂贵。多莉喜欢她的彬彬有礼、整齐清洁和体贴周到，但和她在一起却觉得不自在；那件不幸错放在行李中的打了补丁的短上衣被这侍女看见了，她为此感到羞愧。在家里，正是这些补丁和织补过的洞眼让她如此骄傲，现在却有些尴尬。在家时，事情很清楚，做六件短上衣需要二十四俄尺六十五戈比一俄尺的棉布，总共要花十五个卢布以上，花边和手工还不在内，而这十五卢布就这样省了下来。但在这侍女面前，即便她没有感到相当羞愧，也觉得不自然。"（6.19）

可就在这样的环境中，多莉却逐渐从来时路上关于风流韵事的迷思中醒来。

首先让她倍感困惑的，是安娜对女儿完全不上心，很少去育儿室，甚至不知道女儿又长出了两颗牙齿。

接着，弗龙斯基找她谈话。他说："安娜处境的全部艰难，没有人比我感受得更多，或更强烈。如果有幸承您的情，相信我还有良心，这点您很容易就能理解。我是造成这种状况的原因，所以能感受到。"多莉"不由得欣赏起弗龙斯基来，他说这话时那么真诚与坚定"。（6.21）弗龙斯基希望她说服安娜离婚，否则在法律上，女儿还有未来的孩子们，都是卡列宁的孩子——不仅不能使用弗龙斯基这个姓氏，还不能继承他的财产，包括他辛辛苦苦为之劳作的庄园。

在弗龙斯基的庄园度过了一天，多莉的心情发生了决定性的变化。"她老觉得像在和一些演技比她高明的演员在剧场里演戏，她的拙劣表演把整个演出搞砸了。她本来打算，如果住得惯，就住上两天。但傍晚打网球的时候，她决定第二天就走。那极其折磨人的为人之母的操劳，她在路上曾如此痛恨，但现在刚刚摆脱了一天，就让她看法大变，让她向往起来。"（6.22）

最后彻底改变多莉的，是临睡前安娜的倾诉。安娜告诉她，为了让自己保持对弗龙斯基的吸引力，她做了绝育手术。"这正是多莉一路上梦想能实现的，但现在听说真的可能，她觉得很恐怖"，"多莉听着（安娜陈述）自己曾有过的同样论证，却再也找不到曾经的说服力了"。

安娜继续说："对你和其他人来说，或许还有怀疑的余地，但对我来说……你一定要理解我。我不是他的妻子；他想爱我多久，就爱多久。可我怎么才能留住他的爱呢？就像这样吗？""她白白的胳膊伸出去，摆在肚子前面。"

"像激动时那样，千头万绪在多莉的脑海里飞速奔涌，一时间百感交集。'我，'她想，'没能把斯蒂瓦吸引住。他丢下我去追求别人，而使他背叛我的第一个女人，尽管始终那么美丽开朗，也留不住他。他抛弃了她，又找了一个。安娜能用这种方式吸引、留住弗龙斯基伯爵吗？如果他想要的就是这个，他会找到衣着和举止更优美动人的女人，不管她裸露的胳膊多么白皙、多么漂亮，不管她整个丰满身姿、黑发下的红润脸蛋多么美丽，他都会找到更美的，就像我那可恶、可怜而又可爱的丈夫，找找就找到了。'"

安娜又提出了更多不再要孩子的理由：以她现在的处境，只会给孩子带来不幸——"如果他们不存在，至少他们不会不幸；如果他们不幸，那就是我一个人的错"。"这也正是多莉向自己论证过的；但现在她听着，却想不明白了。[……]（她）突然间灵光一闪：如果她钟爱的格里沙根本不存在，难道某些情况下对他反而更好？这问题看起来是那么不合情理，那么古怪离奇，她不得不摇摇头，以驱散令人眩晕的一团乱麻的疯狂念头。"

多莉"突然觉得，她和安娜间变得如此遥远，有些问题永远也谈不到一块，还是不谈的好"。(6.23)

安娜终于回自己房间了。"谈话的时候，多莉一心一意怜悯安娜，但现在她怎么都没办法让自己再去想安娜的事。家和孩子们的回忆，带着一种从未体验过的特殊魅力，一种新的光芒，浮现在脑海里。现在看来，她的这个世界是那么珍

　　　　　　　　　　　　　　激情与家庭

贵，那么可爱，她不愿在外面哪怕多待一天，无论如何明天一定得走。"

"回到家里，看到大家都很好而且格外可爱，多莉把这次拜访有声有色地描绘了一番，谈受到了多么热情的款待，弗龙斯基家生活的繁华与高雅品味，他们怎么消遣，不许任何人说他们一句坏话。'你们只有认识安娜和弗龙斯基——我现在对他了解得清楚一些了——才能明白他们多么可爱，多么感人。'她现在相当真诚地说，忘了在那里时模模糊糊感受到的不快和尴尬。"（6.24）

多莉忘了不快和尴尬，也忘了去时路上痛苦的反思与自责。

五

多莉为什么没有离开水性杨花的风流丈夫？小说开始，奥勃隆斯基出轨暴露时，就给出了答案："我离不开他，有孩子们，我被绑住了。"（1.19）

一直以来，孩子是她生活的支柱、快乐的源泉。多莉曾带着孩子们在乡间自家的庄园住过：

> 　　不管对母亲来说，担心孩子生病，孩子真生了病，还有看到孩子身上一些不良倾向时的苦恼，是多么让人难以忍受，孩子们甚至现在就已经在用微小的欢乐补偿她的痛苦。这些欢乐是这样微小，就像沙里的金子一样不惹人注意，心情不好时她只看见痛苦，只看见沙粒；但也有心情好的时候，她只看见欢乐，只看见金子。
>
> 　　现在，在与世隔绝的乡间，她越来越经常地意识到这些欢乐。常常，看着他们，竭尽所能说服自己，作为一个母亲，她老觉得自己的孩子比别人家的好，这不对；尽管这样，还是不能不对自己说，孩子很棒，所有六个，虽然各不相同，但都是少见的好孩子——她满意，自豪。

（3.7）

　　带着孩子们走进乡间的教堂，"多莉看到了，或想象自己看到了，她和她的孩子引起的赞叹。孩子们不仅穿着优雅，非常漂亮，而且举止得体，讨人喜欢。的确，阿廖沙还站不大好；他老回头，想看看自己那件小夹克的后背；尽管这样，他还是特别讨人喜欢。塔妮娅像大姐姐应该的那样站着，照看小的。而最小的莉莉，对一切事物都露出天真的惊讶神气，非常可爱。当她领过圣餐，用英语说'请再来点'时，让人忍不住微笑"。

午餐时，格里沙不听话，吹口哨，被罚不能吃饭后甜饼。结果，多莉"看到了让心里充溢着喜悦以致眼里含泪的一幕"：

　　受罚的男孩坐在客厅一角的窗台上，塔妮娅端着碟子站在旁边。借口去喂洋娃娃，她请求家庭女教师允许她把自己的一份甜饼拿到孩子们的房间去吃，实际上却拿给弟弟了。他一边还在为受到的不公正处罚流泪，一边吃着拿给他的甜饼，抽泣声中一直说："你吃点，我们一块儿吃……一块儿。"

　　塔妮娅开始是怜悯格里沙，随后因为意识到自己的高尚行为而感动，也眼里含泪；但她没有拒绝，吃了她的一份。

　　看见母亲，他们吓坏了，可瞧瞧她的脸，意识到自己在干好事，他们笑起来，嘴里塞满了甜饼，开始擦着含笑的嘴唇，把眼泪和果酱抹到了绽放笑容的脸上。

　　"天哪！你白白的新连衣裙！塔妮娅！格里沙！"母

亲想要挽救连衣裙，但眼里含泪，露出了一个幸福、欣喜若狂的微笑。

饭后去河边泡澡：

虽然看好所有这些孩子，不让他们淘气，可麻烦了，虽然记住所有这些从不同的脚上脱下的小长袜、短裤和鞋，不弄乱，解开，松开，然后又系上带子，扣上纽扣，真不容易，但对自己一向喜欢泡澡、认为这对孩子们有好处的多莉来说，再没有比和所有孩子一起泡澡更快乐的了。给他们穿长袜，手指拂过所有这些胖胖的小腿，把这些光溜溜的小身子抱在怀里，浸到水中，听着他们快乐或惊恐的尖叫，看着她这些玩水的小天使喘着粗气，睁大了又害怕又开心的眼睛，在她是极大的快乐。（3.8）

吉福德这样评论："去看安娜的路上，多莉很疲倦，但这和安娜在走向毁灭自己的最后一段路上的疲倦完全不同。她是心累，而不是得了心病；是家庭拯救了她。她拥有书中很多人物如此渴求的内在的'心灵的宁静'。"（Gifford，204）

六

浪漫与激情只是家庭的序曲，家庭生活的真正高潮，是孩子的诞生。

小说的神来之笔之一——完全可以视作世界文学史上对人性最深刻的、最能启迪我们心灵的描写之一，是列文在基蒂临盆之际的表现。这一似乎再没有别的文学巨匠如此关注的场景，托尔斯泰花了足足四章。

> 他站在隔壁房间，听着有人发出了一种从没听过的哀号。他知道，正在尖叫的就是从前是基蒂的那个人。他早就不想要孩子了。他现在恨那个孩子。他甚至都不抱希望她会活下来，只期盼这种可怕的折磨能够结束。[……]
>
> 他魂飞魄散，冲进卧室。[……]没看到基蒂的脸。她的脸原来所在的地方，有一个模样很紧张、正发出叫声的可怕东西。他把头靠在床栏杆上，觉着自己的心要爆裂了。恐怖的尖叫声一直没停，越来越可怕，直到好像达到了恐怖的极限，陡然平静下来。[……]
>
> 他抬起头来。两只胳膊软弱无力地落在被子上，她

看上去异常美丽、恬静，正默默无言凝视着他，想笑又
笑不出来。

列文突然间发现，自己从度过了二十二个小时的那
个神秘、可怕的怪诞世界，一下子回到了之前的平常世
界。但现在这个世界闪耀着如此新奇的幸福光辉，以致
他觉得简直难以承受。绷紧的弦全断了。他怎么也意想
不到的快乐的呜咽和眼泪如此强烈地涌上心头，他浑身
发抖，久久说不出话来。[……]

他费了好大的劲，才明白她安然无恙［……］基蒂
活着，痛苦结束了。他感到无比幸福。（7.15）

整个女性世界，自从结婚以来，对列文而言就呈现
出了一种崭新的、此前并不理解的意义，现在在他的
心目中上升到了那样的高度，以致理智都没法把握了。
（7.16）

第一次做父亲的男人对新诞生的小生命的反应，托尔斯
泰的描写也极富洞察力：

那个婴儿，他从哪里来的？他来干什么？他是谁

呢？……他怎么也不明白，感到很别扭。他觉得这似乎是一种不必要的、多余的东西，很久很久都不能习惯。
（7.15）

接生婆抱过来"一个粉红的、奇怪的、蠕动着的东西"，给爸爸看。

列文望着这个可怜的小东西，竭力想在心里唤起父亲的情感，但徒劳无功。他对他只觉得厌恶。但当接生婆丽莎韦塔解开襁褓，他瞥见了番红花色的小手小脚，上面居然也长着手指和脚趾，甚至大拇指也跟其余的大不相同，还看见丽莎韦塔把那双像柔软的弹簧似乱动的小胳臂拉拢到一起，（重新）包在亚麻布襁褓里时，他忽然那么怜悯这个小东西，唯恐她伤害他，竟一把拉住了她的手。

丽莎韦塔笑了。

"别怕，别怕！"［……］

"现在你看看吧。"基蒂说，把婴儿转过来好让他看个清楚。那张小老头似的脸突然间皱得更厉害了，孩子打了个喷嚏。

含着微笑，好容易才忍住感动的眼泪，列文吻了吻妻子，离开了这间幽暗的屋子。

他对小东西产生的情感完全出乎预料。这里面没有丝毫愉快或高兴，相反，却有一种前所未有的痛苦的恐惧心情。这是一种前所未有的脆弱感觉。这种感觉最初那么难受，唯恐这个无能为力的小东西遭到伤害的心情那么强烈，以至于他完全没注意到，婴儿打喷嚏时产生的没来由的喜悦甚至得意的奇怪心情。(7.16)

伟大的新生活开始了。此后，家庭生活的核心就是抚育孩子。是的，会有无数的担惊受怕，无数的操心，还有无数的烦恼。但这些不都是幸福必须付出的代价吗？那种"没来由的喜悦甚至得意的奇怪心情"，有什么其他成就可以与之相比吗？

相反的观点，"一个人有责任为自己而活，像一个文明人应该做的那样"，这上升到道德高度的话，出自花花公子奥勃隆斯基之口。(7.20)

激情与家庭

第七章
毁　灭

难道我不知道，他永远不会骗我，

他对索罗金娜没有意思，他不爱基蒂，也不会背叛我吗？

所有这些我全知道，但这并没有让我觉得好过哪怕一点点。

如果他不爱我，只是出于责任感对我好，对我温存，

却没有我想要的——

是的，这比发脾气还要糟一千倍！

这是地狱！

一

　　列文和基蒂的儿子米佳的诞生，恰恰是安娜走向自我毁灭之时。

　　孩子出生于莫斯科。那时安娜也在莫斯科，已经为等候卡列宁是否同意离婚的最终决定待了三个月。从最初离开丈夫时拒绝离婚，到现在盼着离婚，转变的发生，是因为她和弗龙斯基的乡间生活出现了深深的裂痕。

　　弗龙斯基在乡间的事业很成功，庄园的改造按照他的想法进行得非常顺利。而安娜在没有访客的时候，就阅读订购的最新潮的书籍，包括小说和与弗龙斯基所从事工作相关的种种专业刊物，她是他事业上的一个重要帮手。

　　"不过，安娜关心的主要还是自己——如何讨弗龙斯基的欢心，如何补偿他为她牺牲的一切。这变成了她生活的唯一目的——不仅要让他开心，而且为他服务。弗龙斯基对此很感激。但另一方面，对竭力擒住他的情网，他又感到厌烦。日子一天天过去，他越来越经常地看到自己被情网包围，就越来越渴望——倒不一定要摆脱，而是想试试，它究竟会不会真的限制他的自由。要不是日益增长的对自由的渴望，要不是每次到城里开会[1]或赛马都会（和安娜）吵一架，弗龙斯基对现在的生活可以说非常满意。"

这年十月，弗龙斯基的庄园所在的省份要举行省贵族长选举——当然只有贵族才有资格投票。离家去参加选举的前一天，他们几乎为此吵起来。第二天，弗龙斯基做好了和安娜吵架的心理准备，"板着脸，冷冷地——这是从来没有过的——告诉她，自己要走了"。没想到，安娜"若无其事，只问了一声他什么时候回来"。这样的反常表现，让弗龙斯基有点担心，但他厌倦了关于这个问题的无休止争吵，宁愿让自己相信，她变得通情达理了。就这样，"他没有要求她开诚布公地把真实想法说出来，就去参加选举了。这是自从他们发生关系以来破天荒头一次，没有解释清楚他就和她分别了"。（6.25）

选举大会上弗龙斯基大获成功，他这一派获得了胜利，他本人扮演了重要角色，赢得了广泛赞誉。在他组织的庆功宴上，弗龙斯基豪情万丈，想到了三年后下一届选举，自己

---

[1] 比如参加地方上的贵族会议。

也可以参加竞选嘛!

就在兴高采烈、觥筹交错的时候,他收到了安娜派专差从庄园送来的信。"还没有看信,他就猜到内容了。原以为选举五天就可以结束,他和安娜说好了星期五回家。现在是星期六了,信里一定在责怪他没有准时回去。[……]信的内容果然不出他所料,但形式却出乎意料,让他格外不舒服。'安妮病得很重,医生说可能是肺炎。我一个人手足无措,瓦尔瓦拉公爵小姐[1]帮不上忙,反而碍事。前天、昨天我一直盼着你回来,现在派人去看看:你在哪里?你怎么啦?我本来想亲自去找你的,但知道你会不高兴,因此改了主意。不管怎样,给我个回信,我好知道该怎么办。'孩子病了,她却想自己跑出来!"(6.31)

尽管如此,弗龙斯基还是连夜就往家赶了。

安娜撒谎了,女儿只不过有点小毛病,他到家前就好了。可想而知,一场争执是免不了的。安娜终于下定决心,跟丈夫离婚,和弗龙斯基结婚——她把这当作走出困境的唯一出路。于是她给卡列宁写了封信,并和弗龙斯基一起移居莫斯科,准备一得到卡列宁同意,马上去办理离婚。

---

[1] 安娜的姑姑,这时也住在弗龙斯基的庄园。

二

在基蒂母亲的坚持下，列文和基蒂也来到了莫斯科。老太太担心乡间条件太差，一定要基蒂来莫斯科生孩子。

在这个繁华的大都市，列文也染上了无所事事、挥霍的恶习。一场俱乐部的酒宴后，奥勃隆斯基带列文去见他不认识的安娜。"马车跑出俱乐部大门的一刹那，列文还沉浸在俱乐部安逸、舒适和周围一切都绝对体面的气氛中，可一到大街上，他就感觉到马车在凹凸不平的路上颠簸，听见迎面驶来的马车夫怒气冲冲的叫喊声，瞅见昏暗的灯光下一家酒馆和一个小铺子的红色招牌，俱乐部带来的印象就烟消云散了。他开始思考自己的行为，问自己：去看安娜是否妥当？基蒂会怎么想？但奥勃隆斯基好像猜到了他的心事，不容他多想，替他驱散了疑虑。"

托尔斯泰这样描述这次会面："整整一晚上她都在无意识地（就像她近来对待所有的年轻男子那样）施展出全部本领，来唤起列文对自己的爱慕之情。"（7.12）列文的确被征服了，"他以前曾那么严厉地谴责过她，现在却以一种古怪的逻辑为她辩护，替她难过，而且唯恐弗龙斯基不能完全理解她。将近十一点钟，奥勃隆斯基起身要走，列文却觉得仿佛才刚刚

　　　　　　　　　　　　　　　　激情与家庭

来似的。依依不舍，列文也只好站起身来"。（7.10）安娜知道，"就一个已婚的正派男子在一个晚上之内所能被吸引的程度而言，她成功了"。（7.12）

实际上，安娜早就喜欢上和人调情了。从意大利回到彼得堡，她和弗龙斯基的关系开始出现裂痕。一次家庭宴会上，"安娜挑衅般地活泼，看上去在向图什克维奇和亚什温[1]卖弄风情"。（5.32）在弗龙斯基的庄园，她也不时向男宾们抛洒魅力，包括那个被列文赶走的维斯洛夫斯基（他的故事详下）。

研究者普丽西拉·迈耶（Priscilla Meyer）敏锐地注意到烟在小说中的意涵：

> 在《包法利夫人》中，雪茄暗示世俗、奢华和感官享受［……］在《安娜·卡列尼娜》中，烟草扮演了一个同样的角色。安娜见到列文时，她有一个玳瑁雪茄盒；里面装着她现在抽的烟，像艾玛[2]一样代表了堕落。烟草的主题将安娜对感官享受的喜爱与常抽烟的哥哥联系起来。他把烟叫作"享受的顶峰和标志"。在列文家吃过正餐后，他点了根烟，发表意见说："一个漂亮的侍女会比

---

[1] 他们是弗龙斯基的朋友。

[2] 包法利夫人。

老保姆更好。"（2.14）这是他道德盲点的一部分：奥勃隆斯基"喜欢他的报纸，正如喜欢饭后抽烟，因为它会在他的脑子里产生一阵轻轻的烟霭"。（1.3）这烟霭让我们想起他的妹妹，正如我们已经看到的，她把蓝色烟霭和年轻人的爱情联系在一起。（1.20）因此奥勃隆斯基带着一个专门装烟的小背包出现在列文家的这个场面是标志性的，放在两度提及的绿色丝绒般原野的背景下，读者能感受到其间的对立[1]。（Meyer，254）

<h1 style="text-align:center">三</h1>

在莫斯科等待离婚时，安娜和弗龙斯基间无休止的争吵还在继续，风暴越来越猛烈。最后，安娜走上铁轨，结束了这一切。

安娜为什么自杀？这是理解这部小说最关键的问题。

是因为她为了爱情，为了和弗龙斯基结合，不得不放弃儿子，从而给自己与弗龙斯基间留下了一个永远无法弥合的

---

[1]　城市与乡村、造作与自然、奢靡与朴实、堕落与健康等等。

裂痕？

安娜真爱儿子吗？

她并不爱女儿安妮。"无论怎么努力，她都不爱这小女孩，假装爱她又做不到。"安娜编造女儿病重的谎言，把弗龙斯基从选举大会骗了回来。当她在客厅听到弗龙斯基进门的声音，"想起女儿已经完全康复一天多了。她甚至对孩子感到很恼火：怎么信刚发出去就好了呢？"（6.32）

这样一个对亲生女儿漠不关心的安娜，居然收养了一个英国女孩，居然在写给孩子们看的书。奥勃隆斯基带列文去见安娜的路上，他告诉列文："安娜似乎把女儿抚养得挺好，不过我们没听她说起过这孩子。她首先忙的是写作。［……］她写了一本儿童读物［……］我把手稿拿给沃尔库耶夫[1]看了。"据说，得到的评价是"一部非常出色的作品"。（7.9）

见到安娜时，英国养女也在场，奥勃隆斯基当面称赞安娜："到最后你会爱她胜过自己的孩子。"安娜也亲口说过："嗯，我爱上了这个小女孩，自己都不知道为什么。"（7.10）是啊，为什么？

---

[1] 一个出版商。

安娜自杀那天早上，弗龙斯基出门前，他们狠狠吵了一架，她说出了"你会后悔"的威胁。弗龙斯基走后，安娜突然崩溃了：

　　她现在害怕一个人待着，因此跟着仆人走出了房间，到育儿室去了。

　　"怎么回事？不对，这不是他！他的蓝眼睛，可爱的、怯生生的微笑，上哪儿去了？"当她看到长着黑色鬈发、胖嘟嘟、红扑扑的女儿，而不是神志恍惚中想到育儿室去找的谢廖沙时，这是第一个涌上心头的想法。小女孩坐在桌边，拿一个瓶塞子在桌子上不停地使劲敲打，两只醋栗似的黑眼睛茫然地看着妈妈。安娜回答了英国保姆的问候，说自己很好，明天要回乡下，就挨着小女孩坐下，开始在她面前转起那只从水瓶上拔下来的塞子。但孩子响亮的银铃般的笑声和扬动的眉毛，让她活灵活现地看到了弗龙斯基，于是强忍住啜泣，赶紧起身，走了出去。"难道一切真的都完了吗？不，不会的。"她想，"他会回来的。[……]如果我不相信他，就只剩下一条路可走了——我不想那样"。（7.27）

看到妈妈，才两岁的小女孩居然没有任何反应，只有茫然。这说明了什么？而如此可爱的女儿，在安娜心中没有激起任何情感，除了想到弗龙斯基。这又说明了什么？在她考虑自己还剩几条路可走时，女儿根本不存在。

莫森提醒大家：

> 读者往往像多莉那样，奇怪安娜为什么如此理想化卡列宁的孩子谢廖沙，却对自己所爱的男人的孩子安妮疏于照管。[……]她可以很轻松地将谢廖沙理想化。恰恰因为他不在身边，她可以随心所欲地带着浪漫的渴望和怀旧来爱他。她爱的并非真实的谢廖沙，而是照片上被理想化的四岁男孩。在放弃他之前，她考虑的不是自己这么做对孩子会有什么影响，而是"他将来对这位抛弃了他父亲的母亲的态度"。（2.23）在另一个场合，她"高兴地感到，在目前身处的困境中，除了同丈夫和弗龙斯基的关系外，还有另外一个独立的支柱。这个支柱是她的儿子"。（3.15）谢廖沙是为了她才存在的。（Morson，67）

临死前，去车站的路上，安娜终于认清了自己："谢廖沙？我也以为我爱他，还被自己的柔情感动。但没有他我还是活得好好的。我用他的爱换来了另一份爱，而且只要那份爱能让我满足，对这一交换我并没有抱怨。"（7.30）

四

那安娜和弗龙斯基愈演愈烈的冲突，又是为什么呢？

莫森指出：

> 安娜和弗龙斯基越来越疏远，她注意到这一点，归咎于他不够爱她，居高临下地保持沉默，为了另一个女人要抛弃她。当他注意到"另一个安娜"，并试图冲破阻碍，唤醒她的真实自我时，她指控他残忍，充满控制欲。但当他对她的自欺欺人信以为真时，她又怀疑，要么他是故意对她冷淡，要么就是根本对真假无所谓。弗龙斯基不知道该怎么做，就像卡列宁那样，希望能感化她的心灵的举动完全无效。（Morson，104）

　　　　　　　　　　　　　激情与家庭

安娜沉浸在对弗龙斯基的怀疑中不可自拔。布朗宁称之为"幻觉":

> 安娜的幻觉在以自杀终结的最后一幕中,得到了最淋漓尽致的展现。她在确信自己被鄙视时毁灭性的抑郁,和觉得弗龙斯基没有变心的暂时的几乎是狂喜的情绪间,来回摇摆。[……](她)又一次编造了一个对弗龙斯基的爱不公正的测试:在给他留话说自己头疼[1]后,这样推理,"虽然侍女这么跟他说了,他还是来了,说明还爱我。如果没来,那就是说一切都完了"。(Browning,331—332)

在饱受幻觉折磨、痛苦不堪的境遇中,安娜将一切过错都归咎于弗龙斯基。他必须受到惩罚!"现在什么都无所谓了——回还是不回沃兹德维仁斯克[2],和不和丈夫离婚——这些都毫无意义了。唯一还有意义的是惩罚他。"(7.26)特别值得注意,直到安娜钻到火车底下,她还不知道,卡列宁明确

---

[1] 指已经先睡了。

[2] 沃兹德维仁斯克是弗龙斯基庄园的名称。由于卡列宁迟迟不给答复,弗龙斯基和安娜正准备先回乡间再说。

拒绝了离婚。[1]

关于安娜的最后日子，瓦斯勒克有这样一段精彩评论：

> 让人哀伤的是，安娜的悲剧显然并非来自被弗龙斯基抛弃的可能，这一可能恰恰是结果而非原因。是安娜自己主动挑衅，逼着弗龙斯基讨厌自己，从而招致了被抛弃的可能。虽然弗龙斯基并未与其他女人有染，但安娜不停地强迫性地需要制造他和别人有染的感觉。弗龙斯基并没有憎恶她，并不认为她是个堕落的女人（她不断指责他这么想），但安娜需要自己让人厌恶、自己是堕落的这种感觉。为什么安娜要自我伤害？自我贬低？为什么她主动寻求自己害怕和憎恶的东西？如果这不是外因所致，那只能来自内因，来自外部环境无法改变的动因。没什么比安娜情感的自我"陷阱"更明显的了。（Wasiolek，156）

瓦斯勒克的内因说击中了要害。但他给出的完全与小说文本无关的弗洛伊德式的答案，让人啼笑皆非：因母亲的不

---

[1] 这是卡列宁在邪教所谓神灵的指引下做出的最终决定。

贞，安娜在童年时经历了可能被父亲抛弃的心理创伤。

五

自杀是通过负罪感惩罚弗龙斯基的手段，更是"通过负罪感控制弗龙斯基身心的最后手段"。（Wasiolek，148）

安娜成功了。

她的死让弗龙斯基彻底崩溃。事后，弗龙斯基的母亲向列文的哥哥谢尔盖转述，得知安娜自杀的消息后，"我跑到他房间里，他已经精神失常了，那样子太可怕啦！他一句话都不说，骑上马就往那儿[1]跑。我不知道在那儿发生了什么，但他们把他像死尸一样抬了回来。我都快认不出他了。医生说是'完全虚脱'。后来就开始疯了似的""整整六个星期，他跟谁也没说一句话，要不是我求他，一口都不吃。简直一分钟也不能让他单独待着。我们把一切可以用来自杀的东西都拿走了。"（8.4）

最后，弗龙斯基决定上战场，去献身。他说："对于我，

---

[1] 安娜自杀的车站。

人生已没有什么乐趣了。[……]我有足够的力气去冲锋陷阵，要么击溃敌人，要么倒下——这点我倒还知道。很高兴有机会献出生命——这生命对我来说不仅多余，更让我厌恶。它对别的什么人也许还有点用处。"（8.5）没有哪个送儿子上战场的母亲会像弗龙斯基的母亲那样感谢上苍："上帝拯救了我们：发生了塞尔维亚战争。[……]这是唯一能使他振作起来的事。"（8.4）

毫无疑问，安娜占有欲极强。古斯塔夫逊指出："弗龙斯基作为一个'征服者'进入了安娜的生活，但她是在看到他脸上流露的'驯顺与奴隶般的忠诚'时爱上他的。通过爱，对她要占有的爱的对象，她获得了支配力量。"（Gustafson，129）

这就是悲剧的内在根源吗？

基蒂是小说中托尔斯泰塑造的理想女性，而在《战争与和平》中，理想女性是娜塔莎，也就是皮埃尔的妻子：

> 她的嫉妒——嫉妒索尼娅[1]，嫉妒家庭女教师，嫉妒

---

[1] 一个孤儿，娜塔莎的远亲，由她父母抚养，和娜塔莎一起长大。

所有女人，不管是美是丑，成了和她有密切来往的所有人习惯性的笑柄。大家都认为皮埃尔被老婆治得服服帖帖，事实也的确如此。就在结婚第一天，娜塔莎就宣布了她的要求。她说，他生活中的每一分钟都属于她，属于这个家。对皮埃尔来说，老婆的这一观点闻所未闻，他大吃一惊。尽管如此，他又觉得受宠若惊，驯服地接受了要求。

皮埃尔对妻子俯首帖耳，不仅表现在不敢向别的女人献殷勤，甚至不敢在和女的谈话时露出笑容，不敢为了打发时光去俱乐部吃饭，不敢随便花钱，不敢长期离家在外，除非去办正事——妻子把**脑力活动**也算在正事里面，尽管**她对此一窍不通**，却非常重视。（5.1.10）[1]

而且，"丈夫收到的信，娜塔莎全都要看"。（5.1.11）

他们也会吵架。娜塔莎承认："每次都是我不对，每次都是。我们吵什么呀？我都记不起来了。""'总是那件事，'皮

---

[1] 《战争与和平》共分四卷，再加上尾声，尾声又由两部组成。5.1.10代表尾声第一部第十章。译文参考 George Gibian 编辑的 Norton Critical Edition 第二版（1996）、Richard Pevear 和 Larissa Volokhonsky 的译本（Vintage Classics，2008）、草婴中译本（上海文艺出版社，2007）及董秋斯中译本（中国人民大学出版社，2004）。

埃尔微笑着说，'吃醋……''不要说了，受不了了！'娜塔莎叫道。"（5.1.16）

几乎没人（不管是剧中人，还是读者）能想到，娇小可人、活泼浪漫的少女娜塔莎，一度被花花公子蛊惑、准备私奔的娜塔莎，结婚后会变成这样一个人。

《战争与和平》中，也有一个和弗龙斯基参加选举逾期未归非常相似的故事。皮埃尔必须去趟彼得堡，讨论一个他作为发起者之一的协会的重要事务，妻子给了他四周时间。

自从规定皮埃尔必须回来的日子过了后，两周以来娜塔莎一直提心吊胆，忧郁烦躁。［……］这段时间里娜塔莎很难受，很烦躁，尤其当母亲、哥哥或玛丽娅伯爵夫人为了安慰她，竭力替皮埃尔迟迟不归寻找原因，为他开脱，更是如此。

"全是胡说，全是废话，"娜塔莎说，"他全是在胡思乱想，根本不会有什么结果，这些团体一个个全都笨得要死。"她所评论的恰恰是曾坚信意义重大的事。［……］

娜塔莎一跑进前厅，就看见一个穿着皮大衣的高大身影在解围巾。

"是他！真的！他回来了！"她自言自语，飞奔过去拥抱他，把他的头贴到自己胸前，然后又推开，看着皮埃尔结着霜花、红润而快乐的脸。"是，是他，真开心，真满意……"

突然间，她想起过去两周经历的等待中的所有痛苦，脸上闪耀的喜悦消失了。她眉头一皱，一连串的责备和怒气倾倒在皮埃尔头上。

"是啊，你倒好！你很高兴，过得很开心……可我呢？你至少也得疼疼孩子啊。我在哺乳，奶水出了问题。别嘉差点儿死掉。你倒过得开开心心。是啊，你很开心。"

皮埃尔知道自己没有错，因为他不可能提前回来。他知道她这样发脾气是不对的，知道过两分钟就好了。最重要的是，他知道自己很快乐，很幸福。他想笑又不敢笑，甚至不敢去想。他就装出一副吓坏了的可怜相，低下了头。（5.1.11）

为什么同样是"责备和怒气"，安娜没有像娜塔莎还有基蒂那样，"过两分钟就好"，却成了心中永不消散甚至越来越浓烈、最后指向毁灭的阴影？为什么同样"知道自己没有错"，弗龙斯基既没有像皮埃尔那样"装出一副吓坏了的可怜相"，也没有像列文那样"最终确定是自己偶然失手打了自己，不好生任何人的气，只能忍着，想法减轻疼痛"，而是开始看不到尽头的冷战，直到最后无计可施，面对安娜自杀那天早上发出的死亡威胁，尽管被吓坏了，但又极为恼火，认为这是歇斯底里的无理取闹，"我什么都试过，只剩一个办法了——不理她"？（7.26）

显然，嫉妒、敏感还有占有欲本身，并非问题的根本所在。为了进一步说明这点，我们再来看看小说的男主人公，以托尔斯泰本人为原型的列文。

有趣的是，列文虽然是男性，吃醋、猜疑的本领绝不亚于安娜。

就在他和基蒂的婚礼马上要开始前：

> 一种奇怪的感觉突然袭上心头，他感到恐惧和怀疑——怀疑一切。[……]"她不可能爱我。"[……]他嫉妒起弗龙斯基来，就像一年前那样，仿佛看见她和弗

龙斯基在一起的那个晚上就是昨天。[1]他怀疑她没把全部真情都告诉他。[……]心里怀着绝望，和对所有人、对自己、对她的怨恨，他走出了旅馆，坐车去找她。[……]

（到了基蒂那儿，）他从她深情而诚挚的脸上已经看出，他要说的全是废话，但还是需要她亲口消除他的疑虑。[……]（列文对基蒂说）"我配不上你。"[……]基蒂不但让他确信她爱他，甚至回答了为什么会爱他这个问题，说明了爱他的理由。她告诉他，爱他是因为彻底了解他，因为知道什么是他一定会去爱的，而一切他爱的，一切，都是好的。（5.2）

列文难道不像个心血来潮、爱撒娇、爱耍脾气的小女人吗？小说中有一段对安娜的描写，几乎一模一样：

> 她对他（弗龙斯基）的崇拜甚至经常让她害怕：她怎么也找不到什么不完美的地方。在他面前，她不敢流露出自卑感。她觉得，如果他知道了，也许很快就会不再爱她，现在再没有比失去他的爱更让她害怕的了——

---

[1] 列文第一次求婚被拒绝的那天晚上，在基蒂家中第一次见到了弗龙斯基。

虽然完全没有理由害怕。（5.8）

即便举行过婚礼，也没能治好列文的这种病：

> 他写作时，她在想着离开莫斯科的前夜，丈夫多么
> 不自然地注意着那位十分拙劣地向她献殷勤的年轻公爵
> 恰尔斯基。"能看出来他是嫉妒。"她想，"啊呀！他多
> 可爱，又多傻呀。他嫉妒我！要是他知道他们在我眼中，
> 并不比厨子彼得强就好了！"她一面想，一面抱着一种
> 自己也觉得奇怪的所有者的心态，盯着他红脖颈的背面。
> （5.15）[1]

列文也很敏感。多莉在他家度假的那个夏天，一次基蒂
和母亲、姐姐在阳台上说女人的私房话，列文来了，随口问
了句，聊什么呢？大家面面相觑，没有回答，他就起疑心了。
基蒂注意到他"脸上掠过了一抹懊恼的阴影"。（6.3）

而最让列文把醋意表现得淋漓尽致的，是基蒂的表兄弟、
年轻漂亮的公子哥儿维斯洛夫斯基的到来——也在那个夏天，

---

[1] 基蒂的占有欲，也在这段描写中表现得清清楚楚。

他是奥勃隆斯基带来的。在列文家里，这个习惯了上流社交方式的帅小伙子，照例向基蒂献殷勤。这让列文疯狂地醋意大发，与基蒂闹了场大大的别扭，竟然极为失礼地将维斯洛夫斯基赶出了家门——他随后去了相距不远的弗龙斯基的庄园。

而基蒂呢？她也爱嫉妒，也害怕孤独，也与列文吵架。甚至她完全清楚，列文在婚前，也曾有过放荡的生活——结婚前夕，他毫无保留地将日记交了出去。

为什么有过一次婚姻经历的安娜，反而不能像基蒂那样，和弗伦斯基在争吵中不断前行——婚姻不就是持续不断的相互适应、相互妥协、相互改变吗？问题会不会出在弗龙斯基身上呢？

六

从意大利回到彼得堡后，弗龙斯基直截了当地告诉哥哥，"他把他和卡列宁夫人的关系看作婚姻，期待她离婚，然后会和她结婚，但在这以前同样把她看作妻子，与任何其他人的妻子没有丝毫不同，他要求哥哥把这意思转达给母亲和嫂子"。"如果社交界不赞成，我无所谓，"弗龙斯基说，"但假如我的亲属要同我保持亲属关系，就必须和我的妻子保持同样的关系。"（5.28）

为了安娜，他自杀过，也付出了前程。现在，他不惜进一步与家人决裂。

弗龙斯基说过："（为了安娜，）我准备献出全部生命。"（6.32）他做到了。安娜的死夺走了他生存的理由。

在庄园，弗龙斯基非常能干，甚至包揽了一切家务，连从小和安娜一起长大的贴身女仆也对他赞不绝口。多莉去拜访他们那次，晚餐时，作为一个细心的家庭主妇，她"情不自禁地仔细观察所有细节，心里纳闷是谁在操持这一切，又是怎么操持的。瓦先卡·维斯洛夫斯基、她丈夫，甚至斯维雅日斯基[1]以及她认识的很多人，从来没有考虑过这些事，他们很轻易地就相信了所有礼貌周到的主人都希望让客人们感受到的——就是家里所有这些如此妥帖的安排，并没有让主人花过一点点气力，而是自然而然出现的。但多莉明白，哪怕

---

[1] 当地一个声望卓著的贵族，当时也在弗龙斯基家做客。

是给孩子们当早点的牛奶粥也不会自己冒出来，因此这么复杂而壮观的排场一定需要有人费心打理。从弗龙斯基的眼神、打量餐桌的方式、向管家点头示意的姿势，还有问她要冷汤还是热汤的口气上，她意识到，这一切全靠男主人本人。很明显，安娜在所有这些事上花的心思，不会比维斯洛夫斯基更多。安娜、斯维雅日斯基、瓦尔瓦拉公爵小姐和维斯洛夫斯基同样都是客人，愉快地享受着为他们准备好的一切。仅仅在引导聊天话题上，安娜才是女主人"。（6.22）

　　弗龙斯基还花巨资为农民盖了所医院，用上了种种最新设备，如新的通风系统、新式火炉、滑动时不会发出声响的推车，还有新从国外运来、为康复期病人准备的轮椅等等。"多莉看见这些之前从没见过的东西，惊讶万分。"斯维雅日斯基赞叹说："这将是俄国唯一一所设计完全合乎规范的医院。"弗龙斯基为这所医院投入的心血与热情，感动了多莉，她改变了一直以来对他的反感："是的，这是一个非常可爱的好人。"（6.20）

　　弗龙斯基所做的，几乎与列文没有差别。弗龙斯基热爱田庄经营，列文也是。他试图改善农民生活，列文也是。

　　除了曾在男女问题上受过当时社会的不良影响，弗龙斯基各方面都很正直。除了没有形而上的追求，他具备了好男人的全部素质。的确，他缺乏对生命意义的深刻体认。就这点而言，他是浅薄的。但《战争与和平》中一个幸福的模范丈夫——娜塔莎的哥哥、玛丽娅的丈夫尼古拉·罗斯托夫，就几乎与弗龙斯基一模一样，而他的"浅薄"没有给自己或家人带来不幸。

何况，对安娜而言，弗龙斯基并不浅薄。事实上，至少表面看来，安娜与弗龙斯基之间的精神交流，要远比列文和基蒂广泛、深入。

在意大利，他们一起欣赏绘画。

在俄国乡间，安娜为弗龙斯基的农庄出谋划策。"她钻研同弗龙斯基从事的所有活动有关的书籍和专业杂志，因此他时常就农业、建筑，有时甚至就养马和运动问题直接向她请教。她的知识和记忆力让他大为吃惊，最初还抱有怀疑，要求加以确认，她就在书里翻出他问到的相关内容，拿给他看。医院的筹备也让她忙碌。她不但帮忙，而且好多事情是她亲自设计和筹备的。"（6.25）甚至在医院的修建上，她就地基问题还给出过没被弗龙斯基接受但事后证明正确的意见。

而弗龙斯基，则大力鼓励安娜参与村里的学校教育。

小说最成功的地方之一，就是塑造了一个让现代人为之神魂颠倒的"完美女性"——不少喜爱这部小说的人，迷恋的只是安娜。而作者真正心仪的理想女性基蒂，看上去逊色得多。

在那次列文遭遇诱惑的会面中，安娜和他谈论绘画、文学与慈善事业。列文被彻底征服了，"一直在欣赏她：她的美丽、她的聪慧、她的修养，还有她的单纯与真挚"。（7.10）还缺什么吗？

基蒂呢？和娜塔莎一样，她完全不懂丈夫的事业和脑力劳动。虽然可爱，但基蒂单纯、狭隘。大概很少有人会怀疑，只有光彩夺目的安娜，才能够走进列文深刻复杂的精神世界，成为他事业上的伴侣。

高下立判吧？

但琼斯这样评论："智力上基蒂不如列文，这没什么。凭直觉她知道正困扰他的是什么，而列文找到解决自己精神迷茫问题的出路时，也相信她会理解他的幸福感。（出路的）具体细节会是他的秘密，但基本情感可以共享。"（Jones，107）

在托尔斯泰笔下，不愿丈夫出门是女人的天性。列文去打猎，"像往常一样，要同丈夫分开两天让基蒂很难过，但看着他在猎靴和白短衫映衬下显得特别魁梧强壮的生气勃勃的身姿，和焕发出的对她来说无法理解的打猎的兴奋劲，她就因他的开心而忘了自己的忧伤，高高兴兴同他告别了"。（6.8）

为什么比基蒂更能进入男人精神世界的安娜，反而不能像基蒂那样去感受对方的心情，去体谅对方呢？

七

同样是从意大利回到彼得堡后，安娜这样告诉弗龙斯基："对我们，对我和你来说，只有一件事重要：那就是我们是否还相爱。别的都无须考虑。"（5.32）

最后去车站的路上，安娜做了深刻反省：

> 难道我不知道，他永远不会骗我，他对索罗金娜[1]没

---

[1] 索罗金娜是位公爵小姐，安娜疑心弗龙斯基的母亲试图撮合他和索罗金娜。

有意思，他不爱基蒂，也不会背叛我吗？所有这些我全知道，但这并没有让我觉得好过哪怕一点点。如果他不爱我，只是出于责任感对我好，对我温存，却没有我想要的——是的，这比发脾气还要糟一千倍！这是地狱！而现在就是这样。他早就不爱我了。爱情结束的地方，仇恨就开始了。[……]假定我离了婚，卡列宁把谢廖沙给了我，我和弗龙斯基结了婚。[……]弗龙斯基和我之间，能想象会有什么新情感吗？别说幸福，就是摆脱痛苦，难道还有可能吗？不！不！（7.30）

布鲁姆对安娜的心态做出了一针见血的分析：

"是什么，"她问自己，"让这个男人依恋我？"是美丽胴体的性感吗？但她会变老，不再性感。何况，性感是淫乱的、不可预测的。是征服的快感吗？但男人成功后这几乎马上就会失去魅力，他会寻找更顽固的敌人来测试自己。他怎么会不去鄙视一个堕落的女人呢？也许出于责任感他会保持忠诚，但这不是爱。她怎么能知道他真实的想法，他灵魂最深处的动向？在这件事上，没有任何常规方法能够人为保证爱的延续。他们能依赖的只有自然本身，而自然能否为两个个体间的永久激情提供足够的动力，值得怀疑。［……］安娜在想象弗龙斯基的每一个逃离念头，胸中升起了对他的暴怒。弗龙斯基成了她的敌人。［……］从根本上说，没有对他的奴役，她活不下去，但她又没有办法保证这一点。［……］她成了一个没有合法性的暴君，想要控制如果放任自由会导致淫乱的肉体和心灵。她没有任何其他支持，除了爱人的爱，而这，又是如此不确定。不论是人，还是上帝，都帮不了她。［……］她需要弗龙斯基自由地爱她，但自由并不必然保证他会排他性地被她吸引，对此她有清楚的认识，在两难的困境中，她被撕裂了。（Bloom，246—247）

安娜追求的爱情，是纯粹的不掺杂任何其他因素的两性间的吸引力。这是一种无可捉摸、无从把握的感觉。至于夫妻间的亲情、责任感、同情心等等，都是对爱的侮辱。布鲁姆说得很清楚，这种没有任何理由可言的爱情，上帝也没有能力保证它一直存在。

安娜的悲剧在于，她在追求一种不可能的东西——永恒的激情。弗龙斯基是一个有道德、有责任心的人，但这对安娜毫无意义，甚至是一种侮辱——她自己正是抛弃了道德，抛弃了责任，义无反顾投奔了爱情。

安娜唯一珍视的激情，却只是转瞬即逝的幻影，那么，除了虚无，生命还剩下什么呢？

加拿大学者特纳（C. J. G. Turner）敏锐地发现："很明显，安娜和她哥哥间有一种紧密联系，甚至可以说相似性，让小说开端对奥勃隆斯基的介绍也可以看作是对安娜的合格介绍。但同样明显的是，两人有很大不同：安娜只有过一次婚外恋，她彻底地投入其中［……］奥勃隆斯基有很多风流韵事，把所有这些看得都很淡。"（Turner*，136）正如雷蒙德·威廉姆斯（Raymond Williams）指出的，也正因此，奥勃隆斯基不会受伤。（Williams，37）这是安娜和哥哥最重要的差别，甚至可以说唯一差别。

奥勃隆斯基的选择，是现代人的选择，激情不再，就换一个。奥勃隆斯基只要激情，不要永恒。

但没有了永恒，激情真的还能是激情吗？[1]

---

[1] 一个纯情少女，被迫与白马王子分离。二十年后，重新见到成了中年油腻男的他，还会葆有美好回忆，一如既往在心底讴歌当年的付出吗？

八

毫无疑问，托尔斯泰相信激情，相信婚姻的开始是激情。但他认为，组成家庭后，维系家庭的就不再是激情，而是一种比激情更强烈、更庄严、更持久的情感。

《战争与和平》中，娜塔莎和安德烈公爵[1]订婚时，有这样一段描写：

> "你爱我吗？"
>
> "是的，是的！"娜塔莎好像带着烦恼说，然后重重叹了口气，呼吸越来越急促，开始哭了。
>
> "怎么啦？怎么回事？"
>
> "哦，我太幸福了！"她回答道，含着眼泪笑了，就向他靠过去，想了一秒钟，好像在问自己行不行，然后吻了他。
>
> 安德烈公爵握着她的手，看着她的眼睛，在自己心里没有找到原来对她的那种爱。他心里突然起了变化：原来那诗意而神秘的激起欲望的陶醉不见了，只有对她

---

[1] 娜塔莎曾经的爱人，嫂子玛丽娅的哥哥，丈夫皮埃尔的挚友，在俄法战争中受伤去世。

女性的和孩子气的弱点的怜悯，在她的奉献和信任面前
的敬畏，和一种将他和她永远连在一起的沉重但同时又
愉快的责任感。现在的情感虽然不像原来的那般灿烂和
富有诗意，却更严肃、更强烈。（2.3.23）

这正是列文结婚之初感受到的。两个人变成了一个人，
这是对原来的狭隘自我的超越，以后她的弱点就是自己的弱
点，怎么可能不产生怜悯？以后每件事的意义，都会因此至
少放大一倍，怎么可能不产生庄严的敬畏与责任感？

但对安娜来说，走出狭隘自我，似乎是一个不可能完成
的任务。

安娜是一个只关心自身感受、漠视他人的人。小说开始
时，在莫斯科，她对多莉说过："我常常奇怪，为什么大家都
商量好了似的来宠我，把我宠坏了。"（1.28）

她从来没有真正为丈夫、为儿子、为弗龙斯基或任何其
他人考虑过。她真正关心的，永远只有自己。在意大利，她
有过这样的反思："**我**无可挽回地给这个人（丈夫）造成了不
幸，但**我**不会利用这种不幸；**我**也在受苦，而且会一直受苦
下去：因为**我**失去了**我**最珍视的东西——诚实的名誉和儿子。

是**我**犯下了愚蠢之举，所以**我**不要幸福、不想离婚，**我**会因为耻辱和与儿子分离而受苦的。"（5.8）安娜想忏悔自己对丈夫造成的伤害，以求得内心的宁静。结果呢？受害者被轻轻带过，满纸全是"我"，[1] 仿佛"我"才是真正的受害者！

莫森告诉我们：

> 托尔斯泰无数次暗示了安娜的自恋。我们不断看到她换衣服，和裁缝打交道。拜访安娜时，她那么频繁地换衣服，那么在意服饰，让多莉很诧异。自杀的那天，她在裁缝那儿花了两个小时。如果把安娜种种积极关注外表的地方——罗列出来，那就太无聊了。我们屡次发现她在镜子前面。她处心积虑地摆放那幅令人惊叹的肖像，让大家在她出现前先看到它，以此挑逗男人，包括列文。她的侍女叫安奴什卡（**Annushka**），女儿叫安妮（**Annie**）[2]，当她收养了一个英国小女孩，我们得知她的名字叫汉娜（**Hannah**）：在安娜周围，我们到处都能发现

---

[1] 感谢万海松兄据俄文原本译出这一段。承万兄赐教，安娜这段自白，11 处有"我"或者可译成"（我）要"，7 处直接出现了"我"字样。

[2] 小女孩的正式名字也是 **Anna**，Annie 是昵称。

安娜（Anna）。［……］安娜对弗龙斯基的爱，固然是真实的，但也是自恋的一种方式。比起弗龙斯基，她更爱的是爱本身和爱的行为。弗龙斯基最吸引她的，是这个健壮的军官脸上呈现出的小狗般的驯顺神态——"一只机灵的狗做错事时慌乱与驯顺"（1.23）的表情。（Morson，65—66）

关于安娜自杀，托尔斯泰一连用了九章来描绘她内心最后的挣扎。莫森敏锐地指出，从安娜最后时刻所想的、所关心的，我们可以推断，她没有想什么，不关心什么：

> 安娜一直想着弗龙斯基，偶尔想到谢廖沙，想到自己怎么抛弃了他。[1]但在整个这段时间里，她没有哪怕一次，想到自己的女儿。她根本没想到问问自己，如果她死了，安妮会怎么样？但危险是明显的：除了失去母亲，安妮还很可能会被移交给法律上的父亲，现在不再慈祥、宽容，处于半发疯状态的卡列宁。［……］我们同情卡列宁的不幸，也同情安娜的煎熬，但谁同情面临落入卡列

---

[1] 想的还是失去儿子对她自己的影响，而非对孩子的影响。

宁和莉吉娅·伊凡诺芙娜伯爵夫人手中这一危险的安妮呢？安妮不是一个命运偶然造成的孤儿，而是在父母两人的选择下成为孤儿的。弗龙斯基并没有意识到自己的残忍[1]。（Morson，136—137）

相比之下，我们来看看幸福的主人公基蒂和列文。

列文第一次求婚，是在基蒂家招待客人的那个晚上。[2]当仆人宣告列文到来，基蒂"清楚意识到，他提前来是为了创造机会和她独处并求婚。此时整个事情才第一次向她显现出全新的一面。此时她才明白，问题不仅仅关系到自己——她跟谁在一起会幸福，她爱谁——同时就在那一刻她必须伤害一个喜爱的人。而且是残酷地伤害他……为什么？因为他，这个亲爱的人喜欢她，爱上了她。但是，没有办法，必须这样，只能这样。'我的上帝呀，难道我必须亲口对他说吗？'"（1.13）

拒绝列文后，"她从心底里怜悯他，尤其因为，他的痛苦是她造成的"。紧接着弗龙斯基也来了，她父亲老公爵也下楼会客了——他讨厌弗龙斯基，对列文非常热情。即便心爱的

---

[1] 指他同意将安妮的抚养权交给卡列宁，尽管后来为此懊悔。

[2] 俄罗斯贵族的传统，每周专门有一天晚上用于接待客人。

弗龙斯基陪在身边，基蒂仍觉察到，老公爵不明就里的亲热，会让列文多么抑郁。（1.14）晚上，基蒂"久久无法入睡，一个印象一直在心头萦绕不去，那就是列文站着听父亲说话，不时瞥瞥她和弗龙斯基，紧皱的眉头下，善良的眼睛中阴郁沮丧的神情。她是这样为他难过，不由得流泪了"。（1.15）

即便被弗龙斯基"抛弃"的最黑暗的时刻，心碎的基蒂仍然记得要"假装高兴起来"，为了让妈妈少一点自责，"她现在经常，几乎总是，不得不装假"。（2.1）

更不用说，上文提到的基蒂对尼古拉的照顾。

列文也是一个非常体贴、善于替他人着想的人。

列文被基蒂拒绝后回到乡间，不久多莉也来到了离他不远的自家的庄园。可庄园年久失修，不适合居住，于是奥勃隆斯基写信向列文求助。当列文见到多莉，告诉她，奥勃隆斯基"写信说你们搬来这里了，他觉得你会允许我在有些地方帮帮你"，他"突然觉得尴尬，说不下去了"。"他觉得尴尬，是基于这样的设想，在本该由丈夫照料的事情上，接受外人的帮助，多莉不会感到愉快。事实上，多莉的确不喜欢奥勃隆斯基把家务事推给别人的做派，她立刻觉察到列文明白这点。因为这种敏锐的理解力和这种体贴，多莉喜欢列文。"

深思熟虑后，列文说了一段既顾全多莉自尊又能让她安心接受自己帮助的话："我知道，当然，他的意思只是说你想见我，我非常高兴。当然，我可以想象，你这么个城里的当家人，会觉得这里相当荒凉，有什么需要，一切都可以为你效劳。"（3.9）

后来，多莉到列文的庄园消夏，想去看安娜。她知道列文夫妇都不想跟安娜或弗龙斯基有任何瓜葛，所以自己派人去村里雇马车。列文知道后，责备她："你怎么会这么想，你去我会不高兴吗？即使真不高兴，你不用我的马，会让我更不高兴。"

"现在，要走的公爵夫人（基蒂的母亲）和接生婆也需要马，[1] 对列文来说有些棘手，但他认为这是主人的义务，不能让住在家里的多莉到外边雇马。况且他知道，跑这一趟他们总共向她要二十卢布，对她来说是一笔非常大的开销。列文夫妇对多莉非常拮据的经济状况，就像对自己的事那样关心。"（6.16）

最后，为了帮助陷入困境的多莉，列文一再苦思冥想，"终于想到了能帮多莉又不伤害她的自尊的唯一办法，他建议

---

[1] 他们要回莫斯科。

基蒂把她的那份地[1]送给多莉，而这是基蒂自己以前从没想到过的"。

基蒂知道，丈夫是个极其善良的人，"他害怕让任何一个人失望，即便是孩子！他全是为别人着想，一点都不顾及自己。谢尔盖也这么想，他觉得列文替他打理庄园是应该的。他姐姐也这么觉得。[2] 现在多莉和她的孩子们也要靠他了。还有那些天天来找他的农民，好像帮助他们是他分内的事"。（8.7）

不幸的多莉也是如此。

弗龙斯基没有在舞会上求婚，基蒂病倒了，老公爵因此对公爵夫人（她看不上列文，一心盼着最小的女儿和弗龙斯基结婚）倾泻不满，两人常常吵架。"多莉凭着做母亲和家庭主妇的经验，立刻看出这里有些事该女人来干了，便准备去做。在道德层面上，她摘下帽子，卷起袖子，准备行动。当母亲指责父亲，她努力在不冒犯母亲的情况下劝阻她。当父亲大发雷霆，她默不作声；她为母亲羞愧，对父亲心生温

---

[1]　陪嫁的土地。

[2]　列文一直在替哥哥和姐姐管理他们的庄园，甚至经常为此受到姐姐不公正的抱怨和责难。

情——因为他很快恢复了善意；但当父亲走后，她就准备去做必须做的头等大事——去找基蒂，安慰她。"（2.2）

自杀前夕，安娜来找多莉，正好基蒂也在。基蒂本来不想见安娜——处在基蒂的位置，恐怕任何女人都会这样想。但安娜不这么想，她从来就没有认真想过自己曾给基蒂带来的伤害。一如既往，她想到的只有自己，想到的只是，基蒂不愿见她是对自己的侮辱。为此安娜完全改变了对多莉敞开心扉的计划——这是来找多莉的唯一目的，"我对她（多莉）没什么可说的。唯一还有意思的，是去看看基蒂，让她见识见识，任何人、任何事我都不屑一顾，我什么都不在乎了"。她甚至挑衅般地质问："基蒂干吗躲着我？"

与安娜咄咄逼人的敌意相对照，我们看到的是多莉姐妹的善良和体贴。尽管明白妹妹的心结，也清楚错在安娜，但为了照顾她的情绪，多莉还是说服基蒂出来见她。基蒂鼓起勇气，首先向她伸出了和解的手，"一见到安娜那张美丽的招人喜爱的脸，所有敌意一下子全消失了"。安娜给基蒂带来的，是女人永远难以原谅的伤害，即便受伤害的人因祸得福。基蒂的举动，证明她是一个伟大的女性。

而安娜呢？"如果你不愿意见我，我也不会奇怪。我全都习惯了。你生过病？是啊，你变样了。"除了敌意，还是敌意。

但对安娜的敌意，基蒂并没有往心里去，善良的她为安娜开脱，认为这是尴尬处境造成的，并因此为她感到难过。

安娜接下来的行为，已经不能用恶意来形容。她向基蒂宣战："我从大家的嘴里，甚至从您丈夫嘴里，听到很多关于您的事。他来看过我，我非常欢喜他。"

纯真的基蒂，完全没有明白其中的意味，"同情地看着她的眼睛"。

安娜走后，基蒂跟姐姐说："她还跟原来一样，还是那么迷人。非常漂亮！但她身上有什么东西让人觉得可怜！可怜极了！"（7.28）

九

安娜刻意在弗龙斯基面前侮辱他的母亲——母亲无法接受安娜，因为她毁了儿子的前程。

布朗宁这样评论：

谈到弗龙斯基的母亲，安娜进行了恶毒的攻击："一个女人的心如果猜不到儿子的幸福与荣誉所系何处，她就是没有心肝的。"（7.25）这话用来描述安娜也再好不过。这显示，自欺何等彻底，以致她只相信别人的过错，而忘了自己较小的责任。（Browning，334）

争吵后，安娜与弗龙斯基和好过很多次。但没有一次，哪怕仅仅一次，她曾想过弗龙斯基的痛苦。而弗龙斯基呢？

我们容易产生错觉，觉得安娜高于弗龙斯基，弗龙斯基配不上安娜，是因为安娜所谓的个性、实际的自私，因为安娜拒绝为他人考虑，敢爱敢恨，特立独行。弗龙斯基为安娜的幸福费尽了心机，却显得像一个庸人。好人、善良的人、为他人考虑的人似乎总是不够精彩，缺乏魅力。

古斯塔夫逊指出：

> 托尔斯泰认为，安娜最后的生活观是把生活理解为个体自我满足的不可避免的结果。浪漫的幻想最终会让人只知道追求自己的幸福，而无视他人，这会不可阻挡地走向一个斗争与冲突的世界。个人主义会不可避免地变成霍布斯式的每个人对每个人的战争和达尔文式的生

存竞争。(Gustafson，130)

追求绝对自我的最终结果，是对爱人的怀疑，对周围人的怀疑，对整个世界的怀疑，甚至是对自己的怀疑。

安娜自杀那天，在从多莉那儿回家的路上这样想道：

> "我本来想告诉多莉，还好没有说。对我的不幸，她得有多高兴啊！她不会流露出来，但主要的感受会是开心，因为我为她所羡慕的种种快乐受了惩罚。基蒂，她甚至会更高兴。我可把她看透了！她知道，对她丈夫来说，我超乎寻常地可爱。她嫉妒我，恨我，而且还瞧不起我。在她眼里，我是一个不道德的女人。如果我是不道德的女人，就会让她的丈夫堕入我的情网了……如果我有这个心思的话。**而我的确有过这个心思。**[……]**我不明白自己。**我只明白自己的胃口，就像法国人说的。[……]我们所有人都想要甜的、好吃的。如果没有糖果，脏兮兮的冰激凌也行。基蒂也一样：得不到弗龙斯基，就要列文。她嫉妒我。还恨我。我们所有人都互相仇视。我恨基蒂，基蒂恨我。这是实话。丘济金，理发师。我总是让丘济金给我做头发……他来的时候我要告

诉他。"她想着，微笑了。但就在这个时候，她想起来，现在没有可以说说笑笑的人了。"而且也根本没有好笑的事，根本没有开心的事。一切都让人恶心。晚祷钟声响了，那个商人那么仔细地画十字，好像怕掉了什么东西似的！这些教堂、响起的钟声、这种伪善，都有什么用啊？无非用来掩盖我们所有人都像那些恶毒咒骂对方的车夫一样彼此仇视的事实。[1]亚什温说，他想要把我剥光，我也想把他剥光。[2]这才是实话。"（7.29）

安娜又从家里去了车站，想坐火车去弗龙斯基母亲的住所，当面跟他大吵一架。等火车时，"她厌恶地看着进进出出的人（对她说来，他们全都令人厌恶）"。（7.30）

上了火车，安娜看到，"一个穿着撑裙的极其难看的女人（安娜在想象中剥掉了她的衣服，被看到的丑陋形体吓坏了）和一个不自然地笑着的女孩子，在车下跑了过去"。安娜想："一个小女孩，就已经变得怪模怪样，装腔作势了。"

一对夫妇坐到了对面，"偷偷仔细打量她的服饰。夫妻俩都让安娜感到厌恶。那位丈夫问她，是否允许他吸烟，分明

---

[1] 车夫遇上拥堵，会恶毒咒骂对方。

[2] 这是亚什温描述的赌场上的情况。

不是想吸烟，而是想和她搭话。得到许可后，他就用法语和妻子谈一些甚至比抽烟对他来说更没必要的事。他们装腔作势地说着蠢话，只是为了吸引她的注意。安娜看得清清楚楚，他们彼此多么厌恶对方，多么憎恨对方。事实上，这种废物丑八怪不能不让人恨"。

"听到第二遍铃响了，接着是搬行李、吵闹、叫嚷和笑声。对安娜来说，再明白不过了，任何人都没有值得高兴的事，因此笑声让她烦躁乃至痛苦，想堵住耳朵不听。"

火车到站了，"安娜下车汇入了乘客群中，像躲麻风病人一样，躲着这些乘客"。

"我想象不出什么情况下，生活不会是煎熬。我们所有人生来就是为了受折磨，我们所有人都知道这点，所有人都想尽办法欺骗自己。[……] 全是假的，全是伪善，全是欺骗，全是罪恶！"（7.31）

这就是安娜临死前的独白。

十

托尔斯泰刻意塑造了一个现代人看来近乎完美的形象，

一个敢爱敢恨的安娜，一个始终美艳的安娜，一个聪明伶俐、"善解人意"、谈吐不凡的安娜，一个迷倒了无数现代读者的安娜。

弗龙斯基被吸引住了，我们也被吸引住了。但，悲剧能避免吗？

研究者戴维·斯图尔特（David Stewart）指出：

> 我们极少看见安娜在"自然"环境中。她是一个城市女孩。她和弗龙斯基甚至用全套的摩登便利设施，全部都是最新款，把沃兹德维仁斯克改造成了一个城市宫殿（在俄语中，与伯克罗夫斯科耶[1]的宁静相较，沃兹德维仁斯克这一名字本身也含有激动的意味）。（Stewart，277）

古斯塔夫逊也注意到，书中唯一一处描写安娜与自然相遇，发生在向丈夫坦白之后："站住脚，望着在风中摇曳的白杨梢头，刚（被雨）洗过的叶子在寒冷的日光中明晃晃地闪

---

[1] 列文的庄园。

着，她意识到大家不会原谅她，所有的事物和所有的人，现在会像这天空和这青枝绿叶，无情地对她。"（3.15）就是这唯一一次，"安娜看到的不是安德烈公爵看到的'永恒、公正、仁慈的天空'，而是她自己创造的无情天空"。（Gustafson，125）

为什么只有一次？难道托尔斯泰不是在暗示，安娜的生活是不"自然"的吗？

托尔斯泰一再强调，安娜表面的简洁装束，实际是精心设计、花费不赀的结果。让基蒂跌入谷底的那场舞会如此，多莉到弗龙斯基的庄园拜访安娜时还是如此。

1883年，《安娜·卡列尼娜》出版不过数年，俄国人克罗米卡写了一篇评论文章，这样解读：

> 人类的激情是捉摸不定的，信仰激情的价值和持久性，只会引发混乱和无助，这是将自由原则应用到情感领域、爱的领域的必然结果——这一准自由主义信仰在关于安娜的小说中遭到了致命一击。作者向我们证明，在这一领域，没有绝对自由，而是存在自然规律，个人可以选择遵守规律从而获得幸福，也可以选择践踏规律

从而不幸。

我们的时代短视地、不成熟地庆祝人类理性的虚假胜利，相信理性可以改变人类精神的规律，忽视精神的力量，根据抽象概念改造精神。而在小说中，理性并没有这样的自由。摧毁一个家庭，不可能不带来不幸，在旧家庭的不幸上不可能建立起新的幸福。舆论不可能完全忽视，因为即便它不正确，仍然是宁静与自由不可避免的前提。向舆论公开宣战，会毒害、腐化和冷却最激烈的情感。

婚姻仍然是唯一一种爱的方式，能让情感平静自然、不受阻碍地形成人和社会间的持久纽带，同时保留行动自由，给行动提供力量与鼓励，为孩子们创造一个纯洁的世界，为生活创造土壤、源泉与工具。……迟到的对激情的痴迷，就像一个老谎话会带来的自然后果，摧毁了婚姻后，不会纠正任何东西，只会走向最终的毁灭。（Eikhenbaum，138—139）

托尔斯泰读到这篇评论，给出的评价是："这是篇最优秀、最优秀的文章！读到它我很高兴。《安娜·卡列尼娜》终于被人理解了。"

　　　　　　　　　　激情与家庭

当然，俄国学者鲍里斯·艾亨鲍姆（Boris Eikhonbaum）对克罗米卡的舆论说进行了有力的质疑："克罗米卡没有注意到，上流社会的整个生活，与所谓'是宁静与自由不可避免的前提'的'舆论'，正是托尔斯泰尖锐批判的——这是充满伪善、虚假和懒惰的生活。"（Eikhenbaum，138—139）的确，克罗米卡对舆论的重视，恐怕不符合托尔斯泰的原意。

但是，除此之外，笔者相信，克罗米卡对准自由主义或者说个人主义的抨击，说出了托尔斯泰的心声。

让我们回顾小说开篇安娜哥哥的出场。

奥勃隆斯基"订阅的是一份自由主义报纸，不是极端自由主义，而是多数人赞同的那种。尽管对科学、艺术和政治不感兴趣，但关于这几个方面的话题，他坚定地持有和多数人以及他的报纸一致的观点，只在多数人改变观点的时候才改变。或毋宁说，他并没有改变观点，而是观点本身在他头脑中不知不觉地变了"。

他倾向自由主义，"并不是因为认为自由主义更合理，而是因为自由主义和他的生活方式更为吻合。[……]自由派说婚姻制度过时了，需要改革，不错，家庭生活没给奥勃隆斯基带来什么乐趣，还迫使他撒谎和装模作样，这完全违背他的天性。［……］自由主义成了奥勃隆斯基的习惯，他喜欢他的报纸，如同喜欢餐后的雪茄，因为阅读自由派报纸会让他的头脑中产生朦胧的烟雾"。（1.3）

莫森这样评论："奥勃隆斯基不只是消极地护卫彼得堡的观点[1]，甚至将其作为道德责任。按照这一逻辑，不把自身的享受置于孩子的需要之上，是不道德的。"（Morson*，357）

奥勃隆斯基的个人主义倾向，恐怕来自从小受到的影响。

安娜呢？

安娜的自由，是极端自我的自由，只关注自我的自由。自由地追求极端自我的同时，她要求另一个同样自我的个体，自由地（无条件地、发自内心地）驯服。

个人主义以人性的名义，让真诚的安娜抛弃了丈夫，最终遭到了人性的报复。这就是小说正文前的题词"申冤在我，我必报应"的含义。[2]

个人主义扼杀人性！

---

[1] 即享乐主义。

[2] 在托尔斯泰看来，人性是上帝赋予的。

附录一
谢尔盖和瓦莲卡

一

我们再来看看最后一个不幸的家庭。

人人都认为，谢尔盖和瓦莲卡是完美的一对。但他们的爱情，却奇异地在采蘑菇这件再小不过的事情上，还没真正开始就结束了。

两人在列文的庄园相识。"他能够记起的认识的妇女和姑娘中，没有一个年轻女性能像她那样，把他经过冷静推理后希望妻子能具备的全部的，绝对是全部的品质，如此高度地融合于一身。"这是谢尔盖对瓦莲卡的看法。

唯一的障碍，是他的第一段也是唯一一段恋情。"'失去玛丽[1]的时候，我对自己说过，要永远忠于她。这是唯一能找到的反对理由。这很重要'，谢尔盖·伊万诺维奇对自己说，同时却又觉得这一顾虑就他个人来说完全无关紧要，只不过会损害他在别人眼中的诗意形象罢了。"

---

[1] 不幸早逝。

大家带着多莉的孩子去采蘑菇。在白桦林深处盛开的花丛中，刻意躲开大部队以便冷静思考的谢尔盖终于下定决心，走出了桦树林，"看到夕阳斜照的灿烂光辉中，瓦莲卡优雅的体态——穿着黄色的连衣裙，挽着篮子，步态轻盈地从一棵老桦树旁走过"，还有"浸在斜阳中变得黄灿灿的麦田，和田野后远方带着点点黄斑、逐渐没入蔚蓝天际的老林子"。他"扔掉雪茄，迈着坚定的步子向她走去"。（6.4）

　　"瓦莲卡，我还年轻的时候，就给自己定下了一个理想的女人形象，我只会爱上这样的女人，娶这样的女人做妻子。经历了漫长的岁月，现在在你身上，我第一次发现了我在寻找的理想女人。我爱你，做我的妻子吧？"离瓦莲卡十步远的地方，谢尔盖小声自言自语。

　　"这使我想起了童年。"瓦莲卡离开了孩子们，和谢尔盖并肩走着。

　　他俩默默走了几步。瓦莲卡看出来他想说什么；她猜到了他要说什么，兴奋和害怕得心都揪紧了。离孩子们很远了，谁也不会听见他们的话了，可他还没有开口。瓦莲卡最好保持沉默。沉默后总比谈蘑菇后再说他们心里想说的话，会容易些。但瓦莲卡偏偏违背自己的意愿，仿佛不经意地脱口而出："你真的什么也没找到？确实，林子里面蘑菇总是少一些。"[1]

谢尔盖叹了口气，没有回答。她竟谈起蘑菇来，这让他有些恼火。他想引她回到刚刚的童年话题，可仿佛也故意违背自己的意愿，沉默了一小会儿后，却接上了她最后那句话："听说只有白蘑菇主要长在树林边上，但我也不懂怎么分辨白蘑菇。"

又过了几分钟，他们走得离孩子们更远了，只剩下他们两个了。瓦莲卡的心扑通扑通跳得连自己都能听见，她感到脸上泛起一阵红晕，然后变得煞白，接着又是一阵红晕。

［……］

要么现在就说，要么永远也不会说了，这一点谢尔盖也感觉到了。瓦莲卡的目光里，脸上的红晕里，低垂的眼睛里，所有一切都流露出一种痛苦的期待。谢尔盖看出来了，替她难过。他甚至觉得，如果现在不表白，就等于羞辱她。他迅速在头脑中重新审视了一遍所有支持他下决心的理由，又暗暗温习了一遍求婚时要说的话，但不知什么

---

[1] 谢尔盖一个人躲到树林里思考，借口是去找蘑菇。

鬼使神差的念头，使他没能把这些话说出来，而是冷不丁问道："桦树菌和白蘑菇到底有什么不一样？"

瓦莲卡的嘴唇激动得颤抖起来，回答说："蘑菇帽上差不多没什么分别，只是把儿不一样。"

这句话一出口，他和她就都明白，已经结束了，应该说的不会说了，此前他们达到顶点的激动情绪开始缓和下来。（6.5）

表白需要很大的勇气。面对倾慕的对象，紧张害怕得开不了口，很常见。让人无法理解的是，这样一次小小的挫折，居然让谢尔盖永远放弃了瓦莲卡！

小说这么解释："回到（列文）家里，谢尔盖把所有的论证过程又复盘了一遍，发觉原先的推理不正确。他不能背叛玛丽。"（6.5）

列昂季耶夫（Konstantin Leontiev）评论说："蘑菇不会让表面上也有种种矜持，但热情、果断的弗龙斯基打消念头；轻佻、风流的伊壁鸠鲁主义者奥勃隆斯基公爵也不会；列文也不会，虽然他的确犹豫不定，同时却极其冲动。这可能会让列文一整天都自我怀疑，但绝不会就此彻底熄灭他的情感。"（Leontiev，259）

这位让无数女人倾心的谢尔盖，到底出了什么问题？

二

基蒂热切盼望谢尔盖能和瓦莲卡走到一起。采蘑菇那一幕发生前，她和丈夫讨论过这件事。列文有点悲观："他（谢尔盖）过惯了纯粹的精神生活，以致脱离现实，而瓦莲卡毕竟还是现实中的人。[……]他不是为自己而活着。他的全部生活都是为了履行责任。因此他可以心安理得，无所需求。"聪明的基蒂把列文的意思换成了更直白的语言："你认为他不可能恋爱。"（6.3）

小说开始的那个冬天，经过漫长艰苦的自我斗争，列文终于第二次来到莫斯科，准备向基蒂求婚。[1]他首先来见哥哥，

---

[1] 列文和基蒂是世交。与卡列宁和安娜这一对相似，列文比基蒂大十几岁，是她大哥的同窗挚友。大学毕业后，基蒂的哥哥进了海军，不幸在波罗的海淹死了，此后列文去她家就少了。这年初冬，他从乡下来到莫斯科，又一次到基蒂家拜访，见到了如今长成了大姑娘的基蒂，爱上了她。就这样，他在一向反感的莫斯科社交场合，围着她团团转，待了两个月。然后突然断定，自己配不上基蒂，她不可能爱他，连招呼都不打就跑回乡下了。在乡间的庄园又待了两个月，对基蒂的思念让他片刻不得安宁，列文终于鼓足勇气，第二次来到莫斯科。

想跟他谈谈这件人生第一大事，最后却没开口。

列文来的时候，谢尔盖正和一个远道来访的著名哲学教授在书房中交谈。见到他，哥哥送上了"对所有人一视同仁的友好而冷淡的微笑"，然后继续谈话，内容恰好是列文感兴趣的——科学与人的心灵世界。

列文发现，"他们把科学问题和人内在的精神问题相联系，好几次几乎要谈到精神问题，可是每当他们接近在他看来是最重要的地方时，便匆匆后退，又更深地陷入精细的区分、保留条件、引文、暗示和引用权威意见中去。他费了大力气才弄懂他们在讨论什么"。谢尔盖认为，"关于外部世界的整体概念不可能来自知觉，最根本的观念——'存在'（being）的观念，不是从知觉来的，因为不存在可以传导这一观念的特殊器官"。教授则援引反对者的意见说，"存在的意识源于全部知觉的总和"。

列文感觉到，谈论已逼近核心问题，可他们却要再度漂移开去，终于忍不住插嘴，提了个问题："如果没有了知觉，如果肉体死了，我就不再存在了吗？"哥哥的回答是："我们还没有权利解答这个问题。"教授补充说"没有（可供研究的科学）证据"，然后继续关于区分概念的讨论。

列文不再听下去了，只是耐心等待教授离开。他一度下

　　　　　　　　　　　　　激情与家庭

定决心，跟哥哥好好谈谈自己的婚姻，征求他的意见。但听了这么一场讨论（当然还有别的原因），教授走后，他开不了口。"他觉得，哥哥不会像自己期待的那样看待婚姻。"（1.7）

列文所谓的核心问题，究竟是什么？

死，是否是人的绝对终结？在物质主义者看来，一切都只是物质的不同组合方式，人作为其中一种，死意味着组合方式的变化，意味着人的彻底消解。如果那样，人生没有意义，一切皆空。不管什么样的人生，归根到底没有本质的区别，行善也罢，作恶也罢，杀人也罢，自杀也罢，一切皆归尘土。但如果世界并非像物质主义者想象的那样呢？

这是人必须面对的最根本的生存处境，必须首先回答的最根本问题。这个问题被解答之前，一切其他问题都没有意义。没有"科学"证据？那就全力去找。如果说这是玄学，科学回答不了，那说明科学不是第一学科。事实上，科学完全建立在第一问题已经解决的**假设**之上。关于自身的合法性，科学恰恰得不到科学证明。

不论如何，对列文来说，生活是最最严肃、必须直面也必须承担后果的抉择，不是书斋中举重若轻的智力游戏——对谢尔盖而言，关于存在的争论，不比下一盘精彩的象棋更重要。列文敏锐地意识到，哥哥可能不会将心比心，对他来说神圣的婚姻，可能会被哥哥看轻。这是对神圣的冒犯和玷污。他不敢冒险。

对待不幸的兄弟尼古拉，列文和哥哥的态度也截然不同。

谢尔盖告诉列文，尼古拉也在莫斯科，他替尼古拉还了堕落中欠下的债，对方却不领情。他劝列文别去看尼古拉。

"你帮不了他。"

"也许是帮不了他，但我觉得，尤其是现在——不过那是另一回事——我觉得（不去）心里不安。"

"噢，那我就不明白了。"哥哥说。"只有一点我明白了，"他补充道，"这是教会我谦卑的一课。自从尼古拉弟弟变成这样，我开始用不同的眼光，更宽容地看待所谓卑劣了……"（1.8）

哥哥很"理性"，兄弟也罢，他人也罢，只有是与非。在尼古拉这件事上，他声称学会了宽容——他对弟弟宽容吗？从弟弟身上，他看到了抽象的、普遍性的人的脆弱。他对弟弟的过错的宽容，和对陌生人的过错的宽容，似乎没有不同。

　　　　　　　　　　　　　　　　　　激情与家庭

甚至可以说，他该为自己能从身边的一件小事上学到一个
"普遍真理"而高兴。谢尔盖展现"谦卑"时，似乎可以觉察
到一种高高在上的傲慢。

列文不同，天然的无法切断的骨肉亲情，超越了表面的
是非。他看到的，是误入歧途的亲人。尼古拉的不幸，不管
责任者是谁，不管能不能帮得上忙，不管尼古拉领不领情，
他都无法视而不见。他割舍不下。"尤其是现在"，当自己站
在幸福的门口——列文当然相信求婚极可能成功，否则自尊
敏感的他根本不会返回莫斯科，尼古拉的遭遇越发让他心痛，
越发不可能无动于衷。

当列文见到尼古拉，坦陈不会在他和谢尔盖的矛盾中选
边站，"你们都错了。你的错更多的是外在层面，而他的错更
多的是在内心"。（1.25）

甚至，基蒂和尼古拉的关系，也与她和谢尔盖的关系不
一样。在尼古拉的病床前，她像一个亲人般体贴、关心他。
而对于谢尔盖，基蒂感受到了无法跨越的距离，尽管她非常
尊敬他。

谢尔盖缺乏热情，缺乏对生命的真正体验。他过着一种
为抽象观念左右的肤浅的知识生活，不能贴近生活本身。他

为学术而学术，为知识而知识。抽象理性高于一切。

　　现在，大概可以推测谢尔盖放弃瓦莲卡的原因了。

　　谢尔盖宁愿生活在一个自我编织的自洽却虚妄的逻辑世界中（逻辑自洽可以是永恒的），也不愿面对现实——直面生活必须承担风险。生活稍微溢出一点他那一切清晰明朗、确定不疑的僵化逻辑世界，他就感受到了危险，赶紧缩了回去。

　　所以，他坚持用理性规范爱，年轻时定下的择偶条件，没有任何变动的理由和可能，必须遵守。现在，即便出现了完全符合理想的瓦莲卡，谢尔盖还是没能鼓起勇气，跨入充满种种不确定性的婚姻生活。对玛丽的忠贞只是托词，他真正害怕的，是和他人分享内心世界必然带来的不确定性。只有将自己封闭起来才安全，才能避免不可知的风险。在这一意义上，谢尔盖是个胆小懦弱的人，也是极端自我中心的人。

　　完全不考虑他人感受、一心只想着满足自己愿望的安娜，和丧失了爱的能力、完全不为自己活着、将全部生活奉献给公共事业的谢尔盖，竟然殊途同归。

三

有问题的不仅是谢尔盖。

采蘑菇回来后，列文夫妇又展开了讨论。基蒂将事情没有成功比喻作鱼没咬饵，列文问："谁没咬？"基蒂回答："两个都没有。"（6.5）

瓦莲卡和谢尔盖的确是天造地设的一对，连他的懦弱与逃避，也能在她身上看到影子。

尽管瓦莲卡没有能力制造一个保护自我的虚妄的理论世界，但同样编织了一个虚假的栖身之地，同样缺乏勇气直面生活，不能勇敢地追求幸福。

瓦莲卡生活在一个扭曲的家庭中。她是孤儿，和抚养她长大的斯塔尔夫人（一个变态的贵妇人）没有亲属关系。

她和基蒂相识，是在德国温泉苏登，那时她正服侍斯塔尔夫人做疗养。瓦莲卡极其善良，在温泉，她"对所有重病人都很友善——这样的病人在温泉很多，以最自然的方式照顾他们"。

"这位瓦莲卡小姐并非真的青春已过，却是个根本没有青春的人：你可以说她十九岁，也可以说三十岁。如果对她的容貌加以品评，不能说差，还算好看，虽然脸色带着病态。要不是瘦得过分，头对于中等身高显得太大，身材原本是不错的，但她大概没想过自己对男人来说有魅力。好比一朵美丽的花，虽然花瓣都还没凋落，却已色泽消退，不再芬芳。此外，她对男人没有魅力，还有一个原因就是缺乏基蒂身上特别充沛的东西——被控制的生命火焰和对自身魅力的意识。她好像总忙着什么无可置疑的事，因此好像对任何其他事情都不感兴趣。"（2.30）

因为善良与自我牺牲，所有人都爱她。她似乎很完美，至少受了伤的基蒂一度这么认为，一度以瓦莲卡为榜样，试图像她那样生活。但很快，基蒂"反叛"了。

基蒂的母亲"听说瓦莲卡歌唱得好，就邀请她晚上来她们的住所唱歌。'基蒂会弹琴，我们有一架钢琴——虽然的确不算好，但你一定会给我们带来极大的快乐。'公爵夫人带着做作的微笑说。基蒂现在对此特别反感[1]，因为她注意到瓦莲卡并没有唱歌的意愿。但晚上瓦莲卡还是来了，带着乐谱。公爵夫人邀请了玛丽娅·叶甫盖尼耶芙娜母女和上校"。（2.32）

---

[1]　之前她对母亲和瓦莲卡的亲近感到很高兴。

这段看似简单的描述颇堪玩味。"还是来了"，说明瓦莲卡没有明确接受邀请。甚至相反，从基蒂的反应来看，她实际上有婉拒的暗示。但公爵夫人完全没有意识到这点，特地邀请了其他客人。对于从小接受过严格社交训练的贵族来说，这无疑极为失礼。

　　公爵夫人并非一时疏忽。详细了解了瓦莲卡的身世后，她得出结论，女儿与瓦莲卡交友的热切愿望，没什么不妥，"虽然也没什么好处"（2.31）——瓦莲卡只是一个寄人篱下的孤儿，对贵族而言，这样的友谊难免有屈尊之嫌。公爵夫人理所当然认为，她的邀请是赋予瓦莲卡的极大荣耀。她绝不会像对待和自己具有相同地位的贵族那样彬彬有礼，谦恭地探寻对方的意愿，把对方接受邀请视为自己的荣耀。她压根儿没有想到，瓦莲卡会做出婉拒的暗示。

　　聪明的、善解人意的瓦莲卡当然清楚这一点。但她还是来了，落落大方，赢得了满堂喝彩。"基蒂骄傲地望着她的朋友。她钦佩她的才艺、她的歌喉和容貌，尤其令她钦佩的是她的态度——瓦莲卡显然根本不把自己的歌唱当回事，对大家的赞美毫不在意；她好像只是在问：'需要我再唱吗？还是够了？'"

　　难怪瓦莲卡的善良和忘我会征服所有人！

"公爵夫人请瓦莲卡再唱一首，她就又唱了一首，同样流畅、清晰而优美。"乐谱中的下一首是意大利歌曲，自始至终保持平静的瓦莲卡终于有了一点反应，脸红了，想跳过这首。但她很快恢复了镇静，以"同样的安然、冷静和优美"唱完了这首歌。（2.32）

瓦莲卡心如止水。

基蒂和瓦莲卡单独去了花园。

"那首歌牵动了你的什么往事，我说的对吗？"基蒂说。"不是要你告诉我（具体情况），"她赶忙补充说，"只用回答是或者不是。"

"不，为什么不能说？我可以告诉你，"瓦莲卡质朴地说，不等她回答，就继续说下去，"是的，一件往事，曾经让人痛苦的往事。我爱过一个人，那时候常常唱这首歌给他听。"（2.32）

被征服的基蒂也向她吐露了心事（指被弗龙斯基"抛弃"）。瓦莲卡安慰她，失恋不重要，有很多别的重要的事。基蒂追问，什么才重要？"'哦，好多呢，'瓦莲卡回答，不知该说什么。"这时公爵夫人担心基蒂在户外着凉，让她回屋。"基蒂拉住她的手，怀着热烈的好奇与恳求，用目光询问：'什么，什么是最重要的，是什么给了你这样的宁静？你知道。告诉我！'但瓦莲卡甚至没明白基蒂的注视在问她什么。她只记得今天要去趟贝尔特夫人那儿，并在十二点赶回家给妈妈[1]准备茶。"（2.32）

瓦莲卡并不知道什么是生命中最重要的。她的宁静的背后，不是对生命的更高体认，而是缺乏——缺乏生命力。

她用"最自然的方式"一视同仁地对待所有重病人。当暂时离开母女俩、去其他德国小镇访客的父亲回到温泉，基蒂介绍他们认识，"瓦莲卡做了一个介乎鞠躬和屈膝礼之间的动作——像做任何事那样简单而自然，立刻和公爵攀谈起来，简单而不拘束，像和任何人谈话一样"。（2.34）她永远那么平和、"自然"地做所有的事，永远"自然"、一视同仁地对待所有人，这恰恰最不自然。

她并非天性缺乏热情。公爵的开朗和幽默给几乎所有人带来了欢乐——大概斯塔尔夫人除外，"瓦莲卡被他的笑话逗

---

[1] 指斯塔尔夫人。

得在自己轻微但有感染力的笑声中挣扎，这是基蒂此前从没见过的"。（2.35）

而基蒂与列文定情那天，从奥勃隆斯基家的晚宴出来，谢尔盖提到了基蒂："我很高兴，看起来她是个非常不错的姑……"但列文不让他说下去，生怕平凡的语言玷污自己神圣的情感。"谢尔盖快活地大笑起来，他极少这样。"（4.14）

除了谢尔盖和瓦莲卡，小说还有第三处类似描写："贝特茜突然忍不住开怀大笑，她极少这样。[……]贝特茜显然想控制自己，但还是抑制不住地迸发出不常笑的人笑起来时很有感染力的大笑。"（3.17）难道，这只是巧合？[1]

因为出身不幸、感情受挫，瓦莲卡把生命寄托在自我牺牲上，为变态的斯塔尔夫人，为所有认识不认识的人奉献自己。这是逃避，也是虚伪。

证明她在逃避，证明她内心深处仍渴望感情的，是基蒂和她在德国分手，邀请她回俄国到自己家做客时，她对基蒂的承诺："当你结婚了，我会来的。"（2.35）

---

[1]《战争与和平》中也有一个例子："安德烈公爵很少大笑，但大笑起来就会完全失控。每次这样笑过以后，娜塔莎就觉得自己同他更亲近了。"（2.3.24）

瓦莲卡的完全忘我与安娜的绝对自我，同样是自然人性的扭曲和否定。

附录二
列文的人生观

一

　　小说花了大量篇幅描述列文的农业经营、政治观点，这和安娜的悲剧有什么联系？这是一部完整的小说，以托尔斯泰极致化的技巧，他当然知道，将无关的东西硬塞到一起，会给小说带来多大的灾难。唯一的解释，就是尽管表面上风马牛不相及，但两者存在非常紧密的内在联系。

　　笔者以为，不论是列文的农业经营、政治观点，还是安娜的悲剧，托尔斯泰探讨的，都是如何应对自由主义的挑战。以拿破仑崇拜的破灭为标志，《战争与和平》代表托尔斯泰走出了自由主义迷思，但出路何在，还没能深入展开。《安娜·卡列尼娜》继续《战争与和平》的工作，试图给俄国人民，也给所有非西方人民，提供一条可能的出路。

　　小说中最让读者诧异的地方之一，可能是列文，或者说托尔斯泰本人，对公益事业的鄙视。

　　康斯坦丁·列文认为哥哥（谢尔盖）是个才智、文化修养都很高的人，高尚得无以复加，具备从事公益事业的天赋。但内心深处，随着年纪越大，对哥哥了解越深，他越来越经常想到，他觉得自己完全缺乏的这种从事公益事业的能力，也许不是什么实在的品质，恰恰相反，是缺乏什么东西——不是缺乏善良、诚实和高尚的意愿和趣味，而是缺乏生命力，缺乏所谓心灵，缺乏让人从摆在面前的所有数不清的人生道路中选择一条，并且只认这一条的拼劲。[1] 他对哥哥了解越深，就越是发现，谢尔盖以及其他许多致力公益事业的人，并非从心底里热爱公益，而是凭理性推导出从事公益事业的正当性，仅仅因为这个原因投身其中。证实列文这一想法的，是他看到哥哥对公共福利和灵魂不灭的问题，一点也不比对一局象棋或一种新机器的灵巧设计更为关心。（3.1）

那么，为什么列文认为，不可能"从心底里热爱公益"呢？他如此说道：

---

[1] 托尔斯泰的意思是说，谢尔盖恰恰因为缺乏对生命的真正体认，因为没能走上真正触动心灵的生活道路，才会对公益事业产生兴趣，如果那也可以称作"兴趣"的话。

"我认为，我们一切行动的最终动力是个人幸福。作为一个贵族，我在现在的地方制度里，看不到有任何东西可以增加我的福利。道路没有改善，也不可能改善；在糟糕的路上我的马也可以拉着我跑。我不需要医生或医疗所，不需要调解官——我从没有向他求助过，将来也决不会。学校对我来说不仅不需要，甚至有害，像我对你说过的。对我来说，地方制度只意味着每亩纳十八戈比的税，进城和臭虫一起过夜，去听所有各种胡言乱语和恶心事的义务[1]，这引不起我的个人兴趣。"

　　［……］

　　"任何行为，如果不以个人利益为基础，不可能持久。"（3.3）

　　这不是赤裸裸的自私自利吗？当然不是。列文说的"个人幸福"或"个人利益"，不能做狭隘理解。对他而言，解放农奴恰恰是为了维护个人利益，"我们想要甩掉这个压垮我们所有善良的人的枷锁"。人无须，事实上也没有办法，为陌生人的福利负责。而农奴解放，对每个地主来说，都是心灵的

---

[1]　指参加地方自治会议、充当陪审员等等。

解放，都是牵涉他们个人利益的大事。

另一方面，"做镇议员，讨论需要多少清道夫，如何在我不住的镇上铺设下水道；做陪审员，审判一个偷了一块火腿的农民，花六个小时听辩护人和检方冗长的蠢话，听裁判长问傻老头阿廖什卡：'被告先生，你承认偷窃火腿的事实吗？''啥呀？'"。（3.3）在列文看来，让人去做这样的事，纯属荒谬。至少，他做不到，也无法理解。

列文认为，对于抽象人类的过分关心，对于和自己没有任何关系的人的过分关心，违反人的自然本性、自然情感。

有趣的是，在这点上，他和安娜达成了共识。

安娜与列文的那次会面，在场的出版商沃尔库耶夫在他面前恭维安娜："如果她把花在这个英国女孩[1]身上的百分之一精力贡献给俄国儿童的普通教育，她会成就一项伟大而有益的事业。"意思是，安娜具有儿童文学的非凡天赋。

安娜回答说，弗龙斯基也鼓励她去村里的学校教书。"我去过几次。他们都是很可爱的孩子，但我就是没兴趣。您提到'精力'。精力以爱为基础。但爱是自然而然来的，没法

---

[1] 指安娜的养女。

强求。"

列文表示赞同:"你不可能把自己的心投入到一个学校或任何这样的机构中去,我想这就是为什么慈善机构总是收效甚微。"

安娜继续说:"我永远也办不到。我的心胸不够开阔,没有办法去爱孤儿院里所有那些讨人嫌的小丫头。这我永远办不到。有那么多妇女用这种手段为自己赢得了社会地位。现在更是如此。"(7.10)

列文走后,安娜在自我反省中意识到,她养活那个英国女孩及其人[1],"只是自欺欺人",只是"吗啡"而已。(7.12)

难道天下为公、天下大同的理念,都是虚伪、不自然的吗?

小说末尾,列文在苦苦挣扎中终于皈依了上帝,给他的心灵带来最后那雷鸣电闪一击的是这样一句话:"人不能为自己的需要而活,要为上帝而活。"(8.12)这意味着对他此前不认同公益事业的否定吗?

但列文明明接着又说:"我什么都没有发现。我只不过意

---

[1] 女孩的父亲是弗龙斯基雇佣的英国驯马师,因酗酒去世,把一家子扔在了远离故乡的俄国。

识到了已经知道的东西。我理解了那种不但过去赋予我生命，而且现在还在赋予我生命的力量。"（8.12）

我们先来读读《战争与和平》中玛丽娅和丈夫尼古拉的对话：

"皮埃尔说，每个人都在受苦，受折磨，腐化堕落，我们有责任帮助邻人。这当然没错，"玛丽娅伯爵夫人说，"但他忘了，上帝向我们指出了，我们还有其他的更迫切的责任，我们自己可以冒险，但不能拿孩子们冒险。"

[……]

"唉，尼古拉，你知道，我常常为小尼古拉[1] 感到伤心，"玛丽娅伯爵夫人说，"他是个非常特别的孩子。我怕因为我们自己的孩子把他忽略了。我们大家都有孩子，都有亲人，可他一个亲人也没有。他总是一个人想心事。"

"嗯，我不觉得对他你有任何可自责的地方。一个最

---

[1]　玛丽娅的哥哥安德烈公爵的遗孤。

慈爱的母亲能为自己儿子做的，你都为他做了，而且还在做。[……]"

"可到底跟亲娘还是不一样，"玛丽娅伯爵夫人说，"我能感觉到，不一样的，为这个我很难过。"（5.1.15）

玛丽娅没有否定应当帮助邻人，她要说明的毋宁说只是一个常识：人的情感是分层次的，有亲疏之别；人的责任也是分层次的，有轻重之别。大多数人不可能完全像爱自己的孩子那样去爱别人的孩子，哪怕是哥哥的孩子，哪怕这孩子成了可怜的孤儿，因为人性决定了很难有这样的爱——除非用理性告诉自己，应该这样去爱，但这不是发自内心的真实情感。同样我们也很难像爱亲人那样去爱邻人。

情感和责任的亲疏轻重之别，难道不就是自私吗?

当然不是。恰恰相反，爱亲人，爱身边的人，是通往大爱的必由之路。

回到《安娜》：

以前（几乎从童年就已经开始了，一直发展到完全成人），当列文努力去做任何可能对所有人、对人类、对俄国、对全村有益的事时，他注意到，想法很愉快，但行动本身却总有些笨拙，而且他从来没有完全确信过行动的绝对必要性，最初看起来如此重大的工作会变得越来越无足轻重，最后不了了之。而婚后他开始越来越把自己限制在过好自己的日子，虽然想到自己的行为时再也体验不到喜悦，但确信自己的工作是完全必要的，结果也比过去好得多，而且变得越来越意义重大。

现在，好像不由自主地，像一把犁似的，他在地里越扎越深，不翻出一条犁沟是拔不出来的。

过上祖祖辈辈过惯了的家庭生活，也就是说，在同样的文化氛围中把孩子抚养大，无疑是必须的。就像饿了就要吃，想吃就要先做饭，要想有收入就必须把伯克罗夫斯科耶经营好。就像债务一定要还，祖传田产一定要管理好，传给儿子的时候，能让儿子感谢父亲，就像列文为祖父修建和种植的一切感谢他一样。为了这个，就**不能出租土地，一定要亲自经营，饲养牲口，给田施肥，培育树林。**[1]

---

[1] 传给子孙的不只是财产，更重要的是祖祖辈辈积淀下来的厚重的生活情感，这就是所谓传统。

不替谢尔盖·伊万诺维奇和姐姐照料田产，不帮所有习惯性地来找他的农民，是不可能的，就像不可能把抱在怀里的孩子扔掉。必须花精力为来做客的姨姐（多莉）和她的孩子们，为自己的妻子和孩子安排舒适的生活，一天里也不可能不花一点时间陪他们。

［……］

列文也知道，回到家首先得去看身体不舒服的妻子，已经等了三个小时的农民可以再等一会儿。（8.10）

如果一个丈夫不关心生病的妻子，反倒对来找他帮忙的农民热心有加，我们能轻易相信他超越了狭隘的小爱，精神升华到了一个更高的大爱境界吗？[1]

我们能相信，一个对从小看着他长大的街坊邻居都没帮过什么忙的富翁，会对几千里外的希望小学的学生充满了爱心？

---

[1] 所谓"人不能为自己的需要而活"，不是说超越"狭隘"的家庭，直面全人类，此处"自己的需要"特指肉身的欲望，指"为肚子而活"。托尔斯泰明确借列文之口说出："如果不是因为知道人要为上帝而活，而不是为自己的需要而活……我会去抢劫，撒谎，杀人。"（8.12）"为自己的需要而活"，等同于为卑劣的欲望驱使，而不是否定家庭。与肉身生活相对的，是灵魂生活："灵魂生活（the life of the soul）是唯一值得过的、我们唯一重视的生活。"（8.13）对亲人的特殊情感，是灵魂最重要的组成部分之一。

没有真正的情感，不用心去感受，很难真正了解别人的需要，也很难真正替他人解决问题。

小说开篇，焦头烂额的奥勃隆斯基还完全想不出办法安抚妻子，就兴致勃勃、不厌其烦地接待了一个请愿者！

瓦斯勒克指出："托尔斯泰的私利（self-interest）这一概念要表达的是，人应当脚踏实地，关注现实中的切身体验，而非抽象的自我。正是所谓'公益'（public good）和类似的抽象概念切断了人和直接的现实间的联系……列文明白了理性分析并不能真正理解农民和土地，只有与土地和农民融为一体才有可能。"（Wasiolek，159）

抽象概念割断了人和现实的自然联系，割断了推己及人、走向大爱的可能。

诚如瓦斯勒克所言，和列文对公益事业的看法密切相关的，是他对农业改革、政治改革的认识。

列文一度想引入欧洲的先进技术和组织方式，却总是遭到农民的抵制，收获甚微。这是非西方国家现代化过程中的普遍问题，一般被归咎于农民的愚昧。

但在托尔斯泰看来，事情没有这么简单。农民不是非理性地排斥会带来巨大利益的新事物，而是因为新事物实实在在伤害了他们。

源自西方的所谓经济理性是为资本主义服务的理性，其神髓是贪婪、无节制地追求利润，理论预设是所有人都不过是轧平了的唯利是图的机器，完全不顾及人丰富的自然情感，不顾及人身上承载的历史和文化。所有这些与机器大生产相冲突的自然情感和需求，所有这些历史和文化，都是要被理性坚决铲除的东西，除非经过资本主义的改造，情感、历史与文化成了进一步释放欲望的利润增长点。

对列文庄园里的农民来说，他们的要求很简单、很朴实，但很重要，因此必须坚决捍卫——那就是，舒适地劳动。所谓舒适，与工作环境、劳动强度无关，主要是指按照他们习惯的方式进行——事实上，就劳动强度而言，极其艰苦。只有按照习惯的传统方式劳作，他们才感到舒适、安心、放松。新事物让他们别扭，让他们浑身不得劲，让他们心里憋着一股邪火。

愚昧吗？也许。但如果不考虑他们的情绪，任何改革能取得好结果吗？

更何况，真愚昧吗？农民们在追求安全感。变革意味着风险，带来不确定性。为了安全感，为了稳定，牺牲可能的利益，这是理性的选择——选择本身是否正确是另一回事，而不是非理性的愚昧。农民们想要的，首先是安静祥和的生活氛围。无可否认，在旧体制下，缺衣少食，生活很艰难。但另一方面，欲望这个潘多拉的匣子并没有以人性的名义，被强行打开。

看看今天这个时代吧，物质极大丰富，社会飞速发展，但几乎人人都无比焦虑。欲望无限放大，我们大可以自由的名义，声色犬马——历史从来就不缺乏享乐主义者，但只有在今天这个时代，享乐主义具有了道德高度，甚至成了一种道德要求。不过，欲壑难填，欲望的满足只是为下一个更大的欲望做准备而已。每个人都被裹进了变化的洪流。

我们真比列文庄园里那些极其容易知足的农民明智吗？

同样，关于参照西方制度所做的政治改革，列文有这样的评价："我们的地方自治和所有这些——就像三一节我们插在地上的桦树，只是为了看起来和欧洲自然生长的树林一样，我不可能真心实意给它们浇水，以为它们是真的桦树。"（3.3）

与此相联系的，在小说结尾特意提到的斯拉夫问题上，列文和哥哥谢尔盖发生了激烈的争论。

二

　　谢尔盖所以全身心地投入斯拉夫问题，是因为遭遇了学术生涯的滑铁卢。这位声望卓著的知识分子，花了六年心血完成了一部讨论欧洲和俄国国家形态的著作——作者"预期书的出版会在社会上产生重大影响，即便没能带来一场科学革命，至少也会引发学术界的大地震"。结果完全出乎意料，几个月过去了，几乎没有任何反响，除了一篇恶意的评论文章。[1]

　　谢尔盖看到，投入了那么大的热情和精力、历时六年才完成的作品，完全付诸流水了。更让他难受的是，写完了这部书，再也没有能占据他大部分时间的著述活儿可干了。(8.1)

---

[1]　小说中还有一个与谢尔盖经历非常相似的人，那就是卡列宁。他们都是真诚的西化派。他们都只有书本上的理论知识，只有所谓逻辑与理性，完全缺乏心灵感受的能力，缺乏对俄罗斯人民的真正认识。在托尔斯泰看来，这是当时整个政界和学术界的缩影。由于缺乏有牢固基础的真正认识，政界与学术界往往摇摆不定。卡列文和谢尔盖曾分别在政界与学术界被捧上了天，最后被无情抛弃，与此有关。本书第六章第一节引述的托尔斯泰关于卡列宁政治前途终结的原因分析中，所谓"卡列宁已经达到了命定的极限"，可能就是这个意思。

幸运的是，上帝也拯救了他，塞尔维亚战争的爆发提供了一个替代品，那就是斯拉夫问题：

谢尔盖·伊万诺维奇聪明、有学问、健康，而且精力旺盛，他不知道该把全部精力往哪儿使。在客厅里和大大小小、各种各样的会上，凡是可以讲话的场合他都会发表议论，这占去了一部分时间；但作为一个长年在城市中居住的人，他不允许自己像没有经验的弟弟（列文）在莫斯科那样，全部投入到谈话中去；他还剩下许多闲暇时间和脑力。

幸运的是，著作失败带来的这段最艰难的时间里，异教徒、在俄国的美国朋友们、萨马拉的饥荒、展览会和招魂术这些问题都被此前社会上隐而不露的斯拉夫问题取代了。而谢尔盖·伊万诺维奇原本就是这一问题的推动者，此时完全投身其中了。

谢尔盖·伊万诺维奇所属的圈子里，那时除了斯拉夫问题和塞尔维亚战争，什么也没人谈，没人写。这群无所事事的人平常用来消磨时光的一切，现在都被用来为斯拉夫人效劳。舞会、音乐会、宴会、演讲、妇女的服装、啤酒、酒馆——一切都在展示对斯拉夫人的同情。

就细节而言，谢尔盖·伊万诺维奇并不同意当时大量的相关言论和著述。他看到，斯拉夫问题正变成那种总是一个接一个变着花样为社交界提供谈资的时髦的消遣品；他也看到，好多参与者怀着贪婪的自私目的。他承认，报纸上大量报道肤浅、夸张，只有一个目的——哗众取宠。他看到，尽管引起了社会的普遍反响，冲在最前面、叫得最响的，全是些失意的、心怀怨恨的人——活像没有部队的总司令，没有部门的部长，没有刊物的记者和没有党徒的党魁。在这里，他看到了很多轻浮、愚蠢的东西；但他也看到并承认，让社会所有阶层团结一心、持续增长的无可否认的热情，对此他不能不感动。屠杀他们的东正教教友和斯拉夫弟兄，引发了对受难者的同情和对压迫者的义愤，为了一项伟大事业而战斗的塞尔维亚人和黑山人的英雄主义，在俄罗斯全民族中唤起了一种要用行动而非言语来支援弟兄们的愿望。[1]

[……]

他全心全意为这项伟大事业服务，忘了去想他的著

---

[1]　塞尔维亚人、黑山人和俄罗斯人同属斯拉夫人，同样信奉东正教。当时塞尔维亚尚处于奥斯曼土耳其帝国统治下，为了挣脱土耳其人的枷锁，塞尔维亚爆发了独立战争。最初俄国政府没有向土耳其宣战，但民间有大量志愿者主动去塞尔维亚参战。

作。（8.1）

谢尔盖的态度和列文截然相反。在列文的庄园里，他和列文及列文的岳父有一段针锋相对的谈话：

"他们（土耳其人）在杀害我们的兄弟，我们的血肉同胞和同一信仰的弟兄们。就假定他们不是我们的兄弟，不是我们的教友，只是些儿童、妇女和老人，大家的情绪激昂起来，俄罗斯人赶去救援，去制止这些恐怖行为。想一想，如果你走在大街上，看见醉鬼殴打妇女或儿童，我想你……会扑向他，去保护受害者。"

"但我不会打死那个人的。"列文说。

"不，你会的。"

"我不知道。要是看到这种事，我可能会根据当时的直接感受行事，但事先没法给出肯定的答案。在斯拉夫人受压迫这件事上，并没有这样的直接感受，而且也不可能会有。"

"你也许没有，但别人有。"谢尔盖·伊万诺维奇说，不满地皱着眉头，"［……］人民听到兄弟们的苦难，起来说话了。"

"也许吧，"列文搪塞说，"但我没看到。我也是人民的一分子，没有这样的感受。"

"我也没有。"公爵（基蒂的父亲）说，"我住在国外，读过报纸，我得坦白，甚至在保加利亚暴行发生之前，[1] 我就被弄糊涂了，为什么所有的俄国人突然之间那么热爱他们的斯拉夫兄弟，而我对他们却怎么也感觉不到丝毫的情感。我很烦恼，觉得自己是个变态，要不然就是卡尔斯巴德水 [2] 在我身上起了什么作用。不过来了这儿，我就放心了，我看到除了我，还有人只关心俄国，不关心他们的斯拉夫兄弟。比如列文。"

"在这件事上，个人看法没有任何意义。"谢尔盖说，"当全部俄国人民表达了意愿，就不用再去考虑个人看法了。"（8.15）

在列文看来，恰恰相反，义愤填膺的只是极少数人，而且其中主要是别有用心者。所谓俄罗斯整个民族群情激奋，不过是空虚的上流社会极力打造的狂欢节，是一小撮哀叹天不我与的野心家想翻盘的豪赌而已。

---

[1] 保加利亚人也是信奉东正教的斯拉夫人，也被奥斯曼帝国统治。

[2] 德国著名温泉。

关键在于，列文和塞尔维亚的斯拉夫兄弟没有任何直接接触，根本不可能产生为之战斗、不惜牺牲自己这样强烈的情感。身在塞尔维亚目睹斯拉夫兄弟的悲惨遭遇是一回事，身在遥远的俄罗斯听到相关消息是另一回事。空间决定了情感的强度，[1] 也决定了反应的大小。

抽象地脱离了空间、亲疏等现实因素的"理性"，可能会催生虚伪的、不负责任的行为。

在德国疗养时，基蒂一度想效仿斯塔尔夫人和瓦莲卡，献身于公益事业。她把新的人生理想隐藏起来，没有跟母亲沟通，"不是因为她不尊重、不爱母亲，而只因为她是她的母亲。她情愿告诉任何人，也不愿告诉母亲"。（2.34）这是因为直觉告诉她——尽管并未明确意识到，这样的人生理想是对母亲的自然情感的亵渎。

但基蒂很快清醒了。回到温泉的父亲用自然的爽朗笑声，击穿了包裹她的不自然的伪善气氛。[2]

而且，她的第一场慈善实验就遭遇致命打击。疗养地有

---

[1] 我们都能理解，目睹跳楼自杀和在电视上看到这一新闻，所受到的冲击完全不可同日而语。

[2] 在最自然的父爱面前，虚矫的伪善最容易露出不自然的本来面目。

一家俄罗斯平民，男的是个画家，生活拮据。基蒂在瓦莲卡的感召下，决心帮助这家人，热心地给这家人服务。结果画家迷上了基蒂，和意识到问题的妻子爆发了冲突。

还是个纯洁的大姑娘的基蒂，觉得受了严重侮辱，气急败坏："是我自己活该，所有这些都是装的，这一切都是故意做出来的，不是真心的。一个陌生人和我有什么相干？结果现在我成了吵架的原因，我做了没人要我做的事。所有这些都是装的！装的！装的！"

困惑的瓦莲卡试图安抚基蒂，却适得其反，基蒂更猛烈地发泄："为了在别人、在自己、在上帝面前显得好一点，为了欺骗大家。不，我再不干这种事了！宁可坏，但至少不虚伪，不是骗子！"这话触动了瓦莲卡的神经，"'但谁是骗子呢？'瓦莲卡用责备的口吻说，'您说得好像……'可基蒂正在气头上，不让她说完。'我没有说你，根本没有说你……'"（2.35）

瓦莲卡为什么这么敏感？难道她怀疑过自己？

基蒂最后的告白引人深思："我只能按照内心感受生活，而你却能按照原则生活。"（2.35）

和谢尔盖一样，瓦莲卡也是生活在抽象原则中的人。

这场荒诞剧，基蒂是唯一的受害者，或者是最无辜的、受伤最深的人吗？

尽管她出于好意，但画家彼得罗夫夫妇没有主动请基蒂帮忙。为了实现自我价值，无端闯入别人的生活，惹祸后拍拍屁股走人，只想着自己的委屈，这是负责任的态度吗？

基蒂无非伤及自尊，很快可以忘掉，不会在生活中留下痕迹。而彼得罗夫夫妇呢？

他们才是真正无辜的，要为基蒂的善意承担持久的创痛。

基蒂不欠他们一个道歉吗？[1]

不论打着什么样的旗号，不论出发点多么充满善意，介入一个家庭、一个民族、一个国家的内部事务，都要慎之又慎。

扪心自问，作为外人，我们真的清楚在发生什么吗？

好心办坏事，太常见了。

除非想好了，现实条件也允许，不论出现多么糟糕的情况，不论付出多大代价，都要负责到底，管到底。

但我们能对素未谋面的人做出这样的承诺吗？即便有这

---

[1] 王鼎钧在《碎琉璃》中讲述了一个亲历的同样故事，他反思说："我以为这样做可以对得起她们。我错了，错得很厉害。那时候我不知道善意不能由单方面输出，你自以为是的善意并不算数。"（生活·读书·新知三联书店，2013年，第223页）

激情与家庭

样的承诺，会是真诚的吗？

如果一有麻烦，就丢下自己捅出来的娄子、弄出来的烂摊子，拍拍屁股走人，算什么呢？

从托尔斯泰完成《安娜》到现在，将近过去了150年。从这部被西方人奉为经典中的经典的小说中，傲慢、自以为是的人究竟学到了什么？

我不禁想起土耳其作家帕慕克的名作《雪》，在哀伤无助的结尾，曾经是狂热宗教分子的年轻人法泽尔与小说中的第一人称"我"（一个流亡欧洲的土耳其作家）的对话：

> "如果你要写一本以卡尔斯[1]为背景的书，把我写到书里，我想告诉你的读者，不要相信任何你说的关于我的话，任何你说的关于我们中的任何一个的话。相距那么远，没有人会懂我们。"

> "但没人会把小说里的所有东西当真。"我说。

---

[1] 土耳其东北部边境城市。

"哦，是的，他们会的。"他喊道，"即便只是为了自我感觉明智、优越与富有人道主义精神，他们也需要把我们想成亲切的、有趣的，会去说服自己，他们同情我们生存的方式，甚至爱我们。但如果你把我刚才说的写进去，至少会在读者的心中留下一点怀疑的空间。"（Pamuk，435）

更让人哀伤的是，这部同样在西方享有盛誉的小说，似乎西方人并没有读懂，即便要求的只是微薄的"一点怀疑"。

三

结束本书前，还得谈谈列文的贵族观。

"你（奥勃隆斯基）把弗龙斯基当作贵族，但我不这么认为。一个人，他父亲靠钻营白手起家，他母亲，天晓得她和谁没发生过关系……不，你一定要原谅我，但我认为我自己和像我这样的人才是贵族，我们可以追溯三或四代值得尊敬的、拥有最高程度的教养的祖先（才能和智力是另一回事），我们从未在任何人面前谄媚过，从未依靠过任何人，像我的父亲和祖父那样。我认识很多这样的人。在你看来，我数林子里的树木是小家子气，你却白送了里亚比宁三万卢布；[1] 但你能收租子，还有我不知道的其他收入，而我没有，因此我珍惜祖上传下来的和自己劳动所得的东西……我们才是贵族，而非那些全靠权贵的赏钱才活下来，花二十戈比就能收买的人。"（2.17）

作为贵族，列文追求的不是高高在上的虚荣，他不反对在奥勃隆斯基看来太过"小家子气"的清点树木："你不数，但里亚比宁数了。里亚比宁的孩子会有钱过日子，受教育，而你的孩子也许就没有！"（2.17）

弗龙斯基参加的那次省贵族长选举大会，列文也在，他

---

[1] 里亚比宁是个奸商。奥勃隆斯基因为挥霍，不得不卖掉妻子陪嫁的树林。里亚比宁串通好其他的可能买家，极力压低价格，以实际价值的一半买下了奥勃隆斯基的树林。买卖正式成交前夕，列文得知了这桩交易，告诉自以为占了便宜的奥勃隆斯基，他被骗了，应当先数数林子里的树木，对其价值有个初步估计，再和买家谈判，因为列文年年去那片林子打猎，清楚知道树木的价值。奥勃隆斯基反驳说："树怎么数得过来啊？数沙子，数星星的光芒，那得有天大的本事……"（2.16）

和一个与他抱着同样观点的地主有一段有趣的对话。

地主说："没有经营农业的时候，做公务员我年俸三千卢布。现在可比那辛苦多了，但像您一样，利润只有百分之五，还是靠上帝保佑。而自己的劳力还没算在里边。"

列文说："我一直觉得农场得不到真正的收益，但不管怎样还是要干下去……觉得对土地有某种义务。"

地主接着说："我的邻居，一个商人，来看我。我们一起到农场和花园里转了一圈。'不，'他说，'斯捷潘·瓦西里奇，您家一切都好，就是花园荒废了。'其实，我的花园好得很呢。'要是我，就砍掉这棵菩提树，不过要等长得最茂盛的时候再砍。这里毕竟有上千棵菩提树，每一棵都可以锯成两块好木板。如今木板可值钱了，可以锯成一些盖房子用的不错的菩提木柱子、横梁等等。'"

"'而有了这笔钱，他就可以买牲口，或者买块几乎等于白给的地，租给农民去种。'列文微笑着替他把话说完，显然类似的算盘碰见过不止一次了。'他会发财。而您和我，还得靠上帝保佑，才能守住我们的产业，留给子孙。'"（6.29）

莫森对此有这样的评述：

不管做公务员，还是仅仅把土地作为当下的赚钱工具，都可以赚得更多，他们为什么要花那么大的力气耕耘土地？为何不采取现代商业模式：砍掉菩提树，卖木头，把土地分小块租给农民？今天类似的建议就是推倒旧社区，建公寓。列文和那个地主都清楚这样做经济上很划算，但他们都不愿意。为什么？（Morson，148）

　　地主这样解释："如果你要在房子前面修花园，就得设计一下，可那地方长着棵百来年的老树……虽然又苍老又长满木瘤，但你也舍不得为了漂亮的花坛把老树砍倒。你会利用这棵老树设计花坛。树一年可长不起来。"（6.29）

　　莫森说："不把它看作障碍，而是当作给定的前提，设计一种方案，让树在其中占据显著位置。这样的花园可能在几何学上不够整齐，可能不符合抽象原则，但植根于比当下趣味更有内涵的东西。"（Morson，149）

　　这种"比当下趣味更有内涵的东西"，就是和每一代贵族有着血肉联系的家族传统："我们就这么活着，不去算计，简直就像古代的维斯塔女祭司，受命保护什么火种。"（6.29）

　　"对列文来说，贵族继承了产业，就要承担传给后代的义务。他更像土地的管理者而非所有者，有责任不让它退化。"

（Morson，146）

　　贵族最鄙视的，是资本家的唯利是图。在资本家面前，贵族最引以为傲的，是道德和温情。

　　列文"知道他需要以尽可能低的价格雇佣工人，但以预付的方式压低他们应得的工资，来束缚他们，却绝不能做，即便很有利可图。稻草短缺时要农民拿钱来买，是可以的，虽然他替他们难过，而酒店和酒吧虽然能赚钱，也绝不能开。偷伐木材一定要尽可能严格地罚款，但农民把牲口赶到他的地里，却不能处以罚款。虽然这让看地的人很恼火，也让农民无所顾忌，他却不能扣留赶到他的地里来的牲口"。

　　"对每个月要付给高利贷者百分之十利息的（农民）彼得，他必须借他一笔钱，好把他解救出来，但不交地租的农民，不能放过他们，也不允许延期交租。管家不及时安排去草地割草，草就会糟蹋了，不可能不管，但新种了小树的八十亩地上的青草却不能割。农忙时一个雇工因为父亲死了回家了，无论他为他感到多么难过，都不能饶恕的，在宝贵的月份里旷了工，一定要扣工钱，但那些不再有任何用处的老仆人们，却不能不按月给他们发工资。"（8.10）

　　所谓"尽可能低的价格"，是指在公平的条件下，和工人达成的交易。而"以预付的方式压低他们应得的工资",是用诡计压榨工人。

短缺时的稻草是有价值的,农民想要,当然得拿钱买,这也是公平交易。但酒店、酒吧伤风败俗,让淳朴的农民迷失本性,再挣钱也不能开。

偷伐木材是抢劫,是不守本分,好逸恶劳。而牲口是农民必不可少的生命伙伴,但没有土地,很难给牲口提供足够的食物。对农民将牲口赶到他的地里,睁一只眼闭一只眼,是为了让有些实在窘迫的农民能够维持正当的、健康的生活。

彼得不幸借了高利贷,当然得帮他。但故意不交地租或者拖延交租,绝不能容忍。[1]

草不能糟蹋,必须及时收割。但没有青草陪伴的树林,还是树林吗?

雇工因为自己的原因旷了工,一定得扣工钱。但失去了劳动能力的老仆人,必须给他们养老。

对托尔斯泰来说,所谓"正当"不是抽象的,不是只考虑外在形式的程序正义,而是具体的,跟每个案例的独特内

---

[1] 列文不是黄世仁。他不是主张,农民因为种种不可抗拒的原因,交不出租子,也得逼他们交出来。

容直接相关。

贵族的真正要义，是守护精神家园。

"这[1]是一所宽敞的老房子，列文虽然一个人住，却占用了整栋屋子，全生上了火。他知道这很蠢，甚至是不对的，违背了他的新（生活）计划，但这所房子对于列文来说意味着整个世界。这是他的父亲和母亲生活并死于其中的世界。他们过着在列文看来是完美的理想生活，他曾梦想和他的妻子、他的家庭重新那样生活。[2]"（1.27）

人永远生活在历史，生活在传统中。每个人命定要承担起属于自己的特定责任，接过要传给子孙的火炬。没有这照亮我们生命、需要我们用心维护的火炬，生活会是无边的黑暗。

---

[1]　指他在乡间的庄园。

[2]　列文刚刚求婚被拒，回到乡间。

引用论著目录

何龄修:《母亲悲惨而短促的人生与我的迟到的悔悟》,《南方周末》
  2017 年 5 月 12 日,收入《五库斋忆旧》,广东人民出版社,
  2018 年,第 26—45 页。
纳博科夫:《俄罗斯文学讲稿》,丁骏、王建开译,上海三联书店,
  2015 年。
陀思妥耶夫斯基:《费·陀思妥耶夫斯基全集》卷 20《作家日记
  (下)》,张羽、张有福译,河北教育出版社,2010 年。
王鼎钧:《碎琉璃》,生活·读书·新知三联书店,2013 年。

Bloom, Allan. *Love and Friendship*, Simon & Schuster, 1993.
Bowie, U. R. "Reviewed Work: *Anna Karenina* by Leo Tolstoy, Marian
  Schwartz and Gary Saul Morson", *The Slavic and East European Journal*,
  2015, Vol. 59, No.4, pp. 631–633.

Browning, Gary. "The Death of Anna Karenina: Anna's Share of the Blame", *The Slavic and East European Journal*, 1986, Vol. 30, No. 3, pp. 327–339.

Conliffe, Mark. "Natasha and Kitty at the Bedside: Care for the Dying in *War and Peace* and *Anna Karenina*", *Slavonica*, 2012, Vol. 18, No.1, pp. 23–36.

Eikhenbaum, Boris. *Tolstoi in the Seventies*, trans. Albert Kaspin, Ardis, 1982.

Gibian, George. Ed. *Anna Karenina* (A Norton Critical Edition), Norton, 1995.

Gifford, Henry. "Anna, Lawrence, and 'The Law'", *Critical Quarterly*, 1959, Vol. 1, No. 3, pp. 203–206.

Gustafson, Richard. *Leo Tolstoy: Resident and Stranger*, Princeton University Press, 1986.

Jackson, Robert. "Chance and Design: Anna Karenina's First Meeting with Vronsky", in *Close Encounters: Essays on Russian Literature*, Academic Studies Press, 2013, pp. 81–93.

Jones, Malcolm. "Problems of Communication in *Anna Karenina*", in *New Essays on Tolstoy*, ed. Malcolm Jones, Cambridge University Press, 1978, pp. 85–108.

Leontiev, Konstantin. "The Novels of Count L. N. Tolstoy: Analysis, Style, and Atmosphere–A Critical Study", in *Essays in Russian Literature: The Conservative View*, ed. Spence Roberts, Ohio University Press, 1968, pp. 225–356.

McLean, Hugh. *In Quest of Tolstoy*, Academic Studies Press, 2008.

Meyer, Priscilla. "*Anna Karenina*: Tolstoy's Polemic with *Madame Bovary*", *The Russian Review*, 1995, Vol. 54, No. 2, pp. 243–259.

Morson, Gary. *Anna Karenina in Our Time: Seeing More Wisely*, Yale University Press, 2007.

Morson, Gary. (Morson*) "Marriage, Love, and Time in Tolstoy's *Anna Karenina*", *Journal of Family Theory & Review*, 2010, Vol. 2, No. 4, pp.

353–369.

Orwin, Donna. *Tolstoy's Art and Thought, 1847–1880*, Princeton University Press, 1993.

Pamuk, Orhan. *Snow*, trans. Maureen Freely, Faber & Faber, 2005.

Rousseau, Jean–Jacques. *Emile: or On Education*, trans. Allan Bloom, Basic Books, 1979.

Turner, C.J.G. "The Maude Translation of *Anna Karenina*: Some Observations", *Russian Language Journal*, 1997, Vol. 51, No. 168–170, pp. 233–254.

Turner, C.J.G. (Turner*) "Blood is Thicker than Champagne: The Bonds of Kinship and the Marriage–Bond in *Anna Karenina*", in *Lev Tolstoy and the Concept of Brotherhood*, ed. Andrew Donskov and John Woodsworth, Legas, 1996, pp. 128–141.

Stewart, David. "*Anna Karenina*: The Dialectic of Prophecy", *Publications of the Modern Association of America* (PMLA), 1964, Vol. 79, No. 3, pp. 266–282.

Williams, Raymond. "Lawrence and Tolstoy", *Critical Quarterly*, 1960, Vol. 2, No. 1, pp. 33–39.

Wasiolek, Edward. *Tolstoy's Major Fiction*, University of Chicago Press, 1978.

后　记

用通俗的话说，我是托尔斯泰的铁粉——他是我最喜欢的作家，甚至超过曹雪芹。

《安娜》应该是高中或大学初期读过的。但真正被这部小说吸引，要到三十而立。十几年来，几乎每年都要重读一遍。

五年前，在大家的鼓励下，我尝试分享多年阅读《安娜》的体会。感谢刘爱玉老师、赵晓力兄、傅春晖、王一鸽、曹亚鹏、秦鹏飞、吴柳财、陶楚歌、王斯敏！那是我第一次深刻体会到教学相长，帮我打开最后那扇门的，是吴柳财、陶楚歌夫妇。

三年前，和朋友聊天，说准备老了再写这本书，要把精力最旺盛的时光，用来研读还没读懂的书。很快想法变了，如果父母知道我又出了本书，或许能给他们带来一点快乐。多少年来，父母付出的，太多太多，我带给他们的快乐，很少很少。

写作中，二民提供了巨大帮助，教我从读者角度思考。如果这本小书没有让对小说文本不太熟悉的读者望而却步，无疑归功于他。

感谢渠敬东在小书出版前，邀请了众师友，为小书的修改出谋划策！感谢刘文飞老师、晓力、老吴、二民、晓涛、大傅，还有万海松兄、沈佳佳兄，在一年中最繁忙的答辩季拨冗赐教！感谢组织活动的杨慧磊、刘雨桐、沈凌峰、丁冠兰！

感谢父母！感谢清蓉和进进！

辛丑仲夏，瑞安林鹄书于京郊孤陋轩

附记：

任何一部小说中的人物，读者都有权利以自己的方式进行创造性的理解，哪怕与作者本意背道而驰——劳伦斯就指责托尔斯泰背叛了安娜，为此写出了《查泰莱夫人的情人》。但本书的目标很简单——复原托尔斯泰的想法。因此书中观点，都有文本依据，也期待批评者提供文本证据——不欢迎没有文本支撑的空发议论。

大雪翌日

文景

社 科 新 知　文 艺 新 潮

Horizon

激情与家庭：读《安娜·卡列尼娜》

林鹄 著

出 品 人：姚映然
策划编辑：李二民
责任编辑：佟雪萌
营销编辑：胡珍珍
封扉设计：东合社·安宁
美术编辑：安克晨

出　　品：北京世纪文景文化传播有限责任公司
　　　　　（北京朝阳区东土城路8号林达大厦A座4A　100013）
出版发行：上海人民出版社
印　　刷：山东临沂新华印刷物流集团有限责任公司
制　　版：北京楠竹文化发展有限公司

开　本：890mm×1240mm　1/32
印　张：8　　字　数：116,000　　插页：2
2023年1月第1版　　2023年1月第1次印刷
定　价：49.00元
ISBN：978-7-208-17930-1/I·2044

图书在版编目（CIP）数据

激情与家庭：读《安娜·卡列尼娜》/ 林鹄著. —
上海：上海人民出版社，2022
ISBN 978-7-208-17930-1

Ⅰ.①激… Ⅱ.①林… Ⅲ.①《安娜·卡列尼娜》-
小说研究 Ⅳ.①I512.074

中国版本图书馆CIP数据核字（2022）第169676号

本书如有印装错误，请致电本社更换　010-52187586